研究
怪兽的
人

兔草——

著

GUANGXI NORMAL UNIVERSITY PRESS
广西师范大学出版社
· 桂林 ·

研究怪兽的人
Yanjiu Guaishou De Ren

图书在版编目（CIP）数据

研究怪兽的人 / 兔草著. —桂林：广西师范大学
出版社，2018.4
ISBN 978-7-5598-0639-0

Ⅰ．①研… Ⅱ．①兔… Ⅲ．①短篇小说－小说集－
中国－当代 Ⅳ．①I247.7

中国版本图书馆 CIP 数据核字（2018）第 019896 号

广西师范大学出版社出版发行

（ 广西桂林市五里店路 9 号　邮政编码：541004 ）
　　网址：http://www.bbtpress.com
出版人：张艺兵
全国新华书店经销
广西广大印务有限责任公司印刷
（桂林市临桂区秧塘工业园西城大道北侧广西师范大学出版社集团
有限公司创意产业园内　邮政编码：541100 ）
开本：880 mm × 1 240 mm　1/32
印张：7.5　　　字数：146 千字
2018 年 4 月第 1 版　　 2018 年 4 月第 1 次印刷
定价：39.00 元
如发现印装质量问题，影响阅读，请与印刷厂联系调换。

/ 自序：站在宇宙中央造一个梦

如果你悉心观察，一定会发现，大部分的写作者都有一个吊诡的童年，我也一样。三岁时，我突发高烧，烧至近四十度，三日不退，求医问道也找不出缘由，最后外婆买了一叠黄黄的钱纸拿去烧了，结果我不日便痊愈，家人后来说，那是因为平时喜欢摸我小脸的孙婆婆去世了，她想带走我。

这个让人不寒而栗的故事让我时时有偷生的错觉，那时我还不知道这件事只是撬开了命运洪流的小小闸口，日后等着我的还有许多难。十岁那年，母亲生日，父亲买了一些假的小龙虾叫我回家吃饭，谁知我在路上遇到了车祸，被一个出租车撞伤，据后来的目击者说，我还差一米就要整个人撞到桥墩上，那可就不是胳膊骨折那么简单的事了，粉身碎骨也只是瞬间。

这两件事让我误会自己大难不死，必有后福，而事实上，我只是时代洪流中的一粒微尘。

像所有青春期的顽劣少年一样，我受了某少年作家的蛊惑，开始幻想不学数学的升学方式，那时我除了语文一科侥幸及格外，其余时候都被各科老师当成了头号公敌，被数学老师当众扔粉笔，被年级主任叫去谈话，写信给校长斥骂学校的黑暗势力……事实上，这都是鸡蛋碰石头的行为，最终我被母亲发现考试不及格，拉回去痛打一顿。

兴许是小时候在医院里待了太久，看惯了冷兵器阵列般的吊瓶架，见多了生生死死，我的性格从某个地方开始分叉，长出了古怪枝桠，为了逃避母亲的责备，我平时伪装得无比正常，到了写文章时则针砭时弊，写了许多与年龄不符的东西。

后来被证明，这是我唯一的避风港，运气在最初的那十几年就耗尽了。仅仅为了逃避死亡，就耗费了许多力气，哪儿还能期待别的事？最初的时候，我希望做个侦探，还世界一个真相，但年岁渐长，才发现这世界并无真相，于是我开始徒手学习虚构与捏造之术，希望自己制造案发现场，购置蛛丝马迹，那些倒在血泊里的真相无疑在提醒着我，如何时刻保持灵魂的清醒。

阅读是一座随手携带的小型避风港，写作又何尝不是，写作还能抽出记忆的筋脉，重新融成新的骨血。

在这个密布消费主义、个人主义、买房焦虑的年代，现实即魔幻，用魔幻手笔去记录现实，难道不是真正的现实主义吗？我们这一代经验匮乏者，本就会在虚拟世界越坠越深，也许这只是一个开始而已。

老去的东西已死掉大半，新世界正在捉对厮杀，前无去路，后无退路，就像造了一个悬崖峭壁上的黑房子，四周是冰冷冷的栏杆，你哭喊已无用，只能坐下来想办法。对于大部分作者来说，写字不赚钱，名都来得极少，瞬间会被人遗忘，只是在堆字的刹那有些模糊的快感而已，或者在无法排解忧愁时变成发泄狂，也不是很清楚自己在做什么，也知道自己天分微薄，于是只好在多年磨难的人生后，把一张面瘫脸卸下，换上小丑面具。

但也能看到许多文字狂徒，几乎是以对抗者的面目站在宇宙中央造一个梦，世道艰难，生存不易，或许大隐隐于市才是最好的决定，而写小说算是一种较麻烦的逃避方式，一会儿躲在阴影屋瓦下凿壁偷听，一会儿又闯进单人小屋闭门造车，这行当简直是吃人的行当，宇宙黑洞，吸食少年无数。

当然，在这个世界将我们连骨带肉咀嚼得连渣都不剩时，我还是那个会在怪兽嘴中燃放烟火的人，这就是我的决定，持微暗之火，愿你寻得明灯。

兔草

目　录

/ 研究怪兽的人

从这一刻起，我们开始屠杀蝌蚪，蝌蚪被养大，然后长出四肢，继而改名，变成绿色皮肤的丑陋青蛙，我们亲手将其养大，又亲手杀死它们，只是因为我们要养大的只是蝌蚪而已。

那天下午，我们找了个阴凉地，梧桐树的影子趴在水泥地上，大人们都在各自的岗位上昏昏欲睡，透过窗户望进去，像一个又一个垂帘听政的太后，我们共同聚集在鬼坡上完成那个诡秘的仪式。"太残忍了，"住在隔壁楼的小女孩说，"不愿意养它们，可以放生，没必要全部杀死。"另一个男孩站了起来说："你不懂，这只是为了试试胆量而已，连这种胆量都没有，怎么去探险？再说，你不杀它们，爸爸妈妈也要把它们弄死的。"

乌里的蝌蚪从来活不过秋天。秋天的时候，孩子们去上学，大人们便成群结队将蝌蚪倒入河流中，放学回家后，孩子们见蝌蚪失踪，总会哭闹，这样的哭闹至多持续三天，最后又变成了各式各样的欢声笑语，用楼下米粉摊摊主阿全的话来说，我们是自那时就学会对悲剧麻木的。

小孩子们使用各种奇形怪状的手段残杀蝌蚪，有的使用大剂量的盐水浸泡，有的将装蝌蚪的容器全部密封，还有的直接将蝌蚪捞出，活埋在田地里，一开始大家还战战兢兢，颇有一种犯罪的不安，但看着身边的人玩得不亦乐乎，他们也张开了翅膀，热烈拥抱这种难得的权利。

唯一郁郁寡欢的人是李离，他坐在梧桐树的脚边，目光里漏出一种难以言说的愤怒与胆怯，他的两只手将玻璃罐子抱得死紧，仿佛那里头装的不是蝌蚪，而是某位亲人的骨灰。

那时候房子总是挨着房子，门总对着门，我们家和邻居家一墙之隔，彼此对对方家里的隐私知道得一清二楚。李离比我大一岁，妈妈是工人，爸爸是无业游民，一个月前他爸爸突然在海外谋得了一份职位，具体做什么，无人知晓，但所有人都开始疯传——李离的爸爸要去日本了，李离家要发大财了。

李离讲，他对蝌蚪本无感情，但那天放学时，他爸爸亲手将蝌蚪交到他手里，语重心长地说："好好照顾自己，顺便养养蝌蚪，等我回来。"那天夜里，李离对这番话反复咂摸，他想，他爸爸的意思是不是只要蝌蚪长大了，变成了青蛙，爸爸就能回家了。

除了我之外，没人知道这件事，李离与众不同的行为彻底惹怒了恶霸陆欢，这个从小就横行霸道的小祖宗将李离的不合群视为了对他权威身份的蔑视。"李离，你怎么还不动手？"一边说，陆欢还拿脚一边踹李离说，"不想玩就他妈的别来啊！"

李离本来不想来，但他寻思，这是个替母澄清的好机会，自从他爸爸出国打工后，所有邻居看他们家娘俩的眼神就变得不对劲，李离私下里总嘀咕："我爸爸只是出国打工了，又不是死了，他们怎么想的？"

没人知道李离妈的胸脯是在哪天开始长大的，但就在那个下午，她妈妈晒衣服时，轻薄衣衫里透出的巨乳令所有人大开眼界，"要不得，真是要不得，老公都不在家，还跑去隆胸。"那年月，隆胸整形对大部分乌里人来说还是个陌生名词，尤其是一个已经结婚了的老嫂子，老公不在家，还爱扮俏，心里多半有鬼。

李离妈妈的事成了一众街坊茶余饭后的下酒菜，李离也没好到哪里去，首先是他独生子的地位，在他妈妈胸脯肿大后变成了一个问号，李离的奶奶早看儿媳不顺眼，这下对孙子的血缘也产生了深深的疑虑，自此，乌里的街坊们开始对李离家发生的事展开逻辑缜密的推理，最夸张的一种说法是李离爸爸早就知道李离妈给他戴了绿帽，所以扯了个理由去国外打工了。

李离从来不喜欢这种被窥视的感觉，也厌烦邻居街坊们无中生有的揣测，他努力扮演的好孩子形象也莫名其妙地一落千丈，就连参加游泳队游得太快也成了被人诟病的理由——太过争强好胜。

陆欢拿着刀子过来了，刀是小刀，平时用来削铅笔用的，没什么伤害力，切蝌蚪也并没有显得游刃有余，蝌蚪总是溜得太快，就像李离的眼神，那么游离。

"看着我，"陆欢使用了这种从港台电影里学来的黑帮询问术，然而李离依旧没有抬头，更没有看着陆欢，"不是我说你他妈的到底来干嘛的啊？"

这句话问到了点子上，李离身躯一震，终于灵魂归位，他放眼四周，小伙伴们手里的蝌蚪已经死得七七八八了，有的在盐水里，有的在地上，一片灾难景象，他突然站起身，对所有人摇了摇手里的瓶子，"你们还想不想要蝌蚪，我养的蝌蚪蛮好，而且不会死，你们可以找我领养，我帮你养。"

陆欢气极而笑，一双窄小的眼睛由于情绪激动而显得格外阴晴不定，他本来是想借助大人的威慑力来恐吓这帮小孩，不想被李离反将一军。

"你爸爸不在屋里你就了不起了是吧？你妈妈不干净，你也不干净，你养的蝌蚪能有多干净。"

原以为这句话会激怒李离，没想到李离却透露出了不同往常的平静，"干净不干净不是你说了算，再说，总比死了好。"

陆欢索性脱了衣服，露出一身腱子肉，同时把小刀甩在了地上，大有一副今天李离不服软就不能活着离开这里的架势，所有乌里的小孩都变成了这起斗殴事件的围观者，有的小孩甚至把自己的身体往阴暗的楼道里塞了一塞——反正就算出了事，也可以藏起来。

看人见血，总比看蝌蚪有意思，尤其是在这个平静得不能再平静的小城区里，有人甚至跑远了一些通风报信，告诉其他地方的小孩，这里有好戏看了。

对李离来说，他压根不可能和陆欢动手，一旦他扬起拳头，必将坐实他是个问题少年的传闻。当然，家庭的管教也是一件避不开的事，李离的妈懦弱得很，从来只会训斥自己孩子有错，不会去骂别人家的孩子。

陆欢就不一样了，他是家里的小霸王，有恃无恐，陆家也算是这个穷破小地方唯一的富裕家庭，尤其是陆欢的奶奶，霸道得很，一旦有人说她孙子的不是，她立刻叉腰站在巷口破口大骂——"怎么啦？我们家欢欢头上有朵花啊？天天找我们家欢的歪。"

人们期盼着李离动手，期盼着李离替大家报仇，在这个不大的地方，还没人敢做那个出头者，不时有小孩在窃窃私语地议论："反正李离屋里都这样了，不如破罐子破摔算了，替我们出口气。"

令李离格外割舍不下的还有一件事，他把罐子交到我手里说："帮我看一下好吧？"然后也脱掉跨栏背心，朝陆欢迎了上去说："我们今天不打架好吧，我们比扳手腕。"

陆欢轻蔑地笑了笑，他知道李离不是什么善茬，他也积蓄了很久的耐心，指望这一次的"决战"可以真正分个高下，重塑他在这一片小孩心里的威信。

天上的云像是得到了某种启示，蠢蠢欲动，白色的天光退居幕后，黑色的空气溜了出来，将白色的云朵染成墨色。乌里的人对雨向来有一种敏感，这样的天气是雷阵雨即将降临的征兆，小孩子们把身体朝有遮挡处挪了挪，并不打算错过这场好戏，他们像罗马角斗场里嗜血的群众，不停地喊着："上啊，上啊，李离上啊！"

暴雨比暴力来得快，就在局势胶着之际，一桶一桶的雨水从天而降，浇洗了所有人观战的热情，即使围观的小孩还想赖在原地不走，大人却不耐烦了，他们从麻将桌、小卖部、凉席等地一跃而出，疯狂地捞捕着自己的幼崽。

陆欢的家人来得最快，她奶奶之前是医院的护士，又心疼孙子，生怕淋伤了淋惨了，特意举着一把花色大伞来招呼陆欢回家，陆欢不肯走，这是面子问题，他奶奶说，走不走，再不走，不给你买东西了。在金钱的威逼利诱下，陆欢只得离开，临走前给李离撂下了狠话——"我们走着瞧。"

很快，孩子们都被自家的大人领了回去，只有李离还站在雨里，他拿衣服挡住玻璃罐，整个人暴露在风雨里，他的家离这儿最远，没人肯给他伞，他只能一步一步地走回去。

雨下了一天一夜，第二天中午才停，李离从家里出来，轻敲我家门，我妈很不耐烦地曀了一声："什么事？"又转头掐了我胳膊一下："不是叫你不要跟他玩了。"

李离来找我，完全是因为有些话他没法跟人说，蝌蚪死了一半，至于怎么死的，李离不清楚。他妈妈的说法是，雷打了一整夜，蝌蚪被吓死了，李离不信，就像他不信爸爸走了那么久一封信都没有寄回来一样。

没人知道李离的爸爸去了哪里，也没人知道他什么时候回来，就连李离的妈妈都开始渐渐遗忘了这件事，他妈隆胸的原因后来被人知晓——只是受了同事的蛊惑而已，家里又没个可以商量的人拦着，所以做了些蠢事。但到底也没有给别人家带来什么灾祸。

暑假很快溜走，新学期来临，李离终于摆脱了无所事事养蝌蚪的状态，剩下的那批蝌蚪也活得颇有生命力，已经长出了细小的后脚，李离翻着一本科普书，念给我听——"到这一时期，蝌蚪成活率达95%以上。"李离说，他爸爸写了信给他，信是从日本来的。

　　李离说他爸爸在日本捡鲔鱼，鲔鱼是一种大型远洋重要商品食用鱼。在冲绳的一座岛屿上，每到某一时期，大量的鲔鱼就会随着海水冲到岸上。捡鲔鱼是一种高收入职业，就是工作强度有些大，因为鲔鱼出现的地点不定，有时是在地铁下头，有时是在水里，总之找起来有些麻烦。

　　我们那时都没有听说过地铁这种东西，只靠公交车出行，所以我猜想地铁是属于海洋世界或迷宫一类的玩意儿，李离爸爸打工的事终于有了确切的说法，邻居的风言风语便也暂时平息。

　　李离说，他的梦想是当科学家，研究怪兽，这样怪兽来攻打人类的时候，他就可以作为奥特曼，替人类出征，当然，最重要的是如果他当了科学家，赚了钱，爸爸就不用那么辛苦去捡鲔鱼了。

　　我说，捡鲔鱼是个好职业，除了比较腥，或偶尔看到鱼类的狰狞面目外，其他都好。李离在河边望着我笑说，那你替我去找我爸吧，看看他有没有在外头鬼混，我妈很担心他。

　　由蝌蚪变成青蛙是一个无比变态的过程，首先，蝌蚪会长出一个根本看不见的口，接着，它们会长出同鱼类完全不同的四肢，最后，它们会褪下墨色的外衣，迅速变成了乱蹦乱跳的两栖生物，它们终于有了更广阔的天地，不用闷在水里，但属于童年的美好，则完全消失不见。

　　李离爸爸离开的第二年夏天，李离开始变声，以前他声音秀气得很，像个小姑娘，后来莫名变得沙哑，唱歌也不好听了，他将其称之为蝌蚪式变化——你永远不会知道自己会变成什么样，就像你不知道蝌蚪会变成青蛙。

我们乌里这边是南方的闭塞小城，一般没有外来客，有的话，一定会掀起不小的波澜，那天天气闷得很，所有人都在街边纳凉，摇着蒲扇，一个打扮时髦，戴茶色墨镜的人来到小卖部，找老板买了一瓶水。

　　"哟，您是从日本回来的啊？"

　　"是啊。"

　　"我们这里也有个人去日本打工了，听说赚了很多钱。"

　　"哦，做什么的啊？"

　　"听说是捡什么鱼。"

　　事情在后来的夜风里传得神乎其神，外来客偷偷在老板耳边留了一句话，依据这句话透露的消息，小卖部的许老板认为，李离的爸爸去日本没有做什么好工作，无非就是两件事——抬尸体和捡尸体。

　　至于究竟是哪种，不好下定论，"滔天的黑水"再一次袭击了"孤儿寡母"，李离坐不住了，书也不想念了，他本来成绩就一般，现在想直接去念中专。

　　李离讲，念中专也没有关系，怪兽照样可以研究，蝌蚪照样可以养，上几批养好的青蛙他已经拿去放生了，但这次的他决定拿到菜市场去卖卖看，不能白养！

　　李离的爸爸还是不时往家里寄钱，有时也会寄点礼物回来，那一年学期结束的时候，李离收到了一个放大镜，他对这个礼物很是满意，无论爸爸在哪里，总算能理解他的志向，这就行了。

　　虽说李离在饲养蝌蚪上颇有天赋，但在学校实验室里，他总是率先搞砸的那个，生物老师不喜欢他，化学老师也不喜欢，当然这或许带着所有乌里人习惯的偏见——一个没有爸爸的孩子，通常缺乏管教。

　　教生物课的罗老师天生清秀，还有一头黑缎带般的长发，她在生物课上嘱咐所有人，下节课，每个人带一只青蛙来，一共分成八个小组进行膝跳反射的实验。李离沉在漫画书里的脑袋突然浮了起来，他站起来举手大喊——青蛙，青蛙，我有。

他以一个颇为得意的成交价，把青蛙卖给了同班同学，因为没有好好上课，他也完全不知道膝跳反射是个什么样的实验，还以为只是放青蛙在实验室里活蹦乱跳一阵。但到达实验室的那一刻，他就后悔了，在每个小组的长方形桌上，都装置了一个铁十字架，活像耶稣的受难仪式，为了给同学们演示膝跳反射是如何进行的，罗老师先使用了一个青蛙。

"很简单，先用剪刀剪掉青蛙的头部，然后用大针捅入青蛙的脊柱，接着用小锤子敲击青蛙的大腿，你们会观察到膝跳反射……"

李离讲，他不记得自己是怎么离开实验室的，那些青蛙虽然变丑了，可依然是他亲手养大的蝌蚪，这跟凌迟他没有什么区别。

"养蝌蚪有什么意思嘛，只有小的时候才可爱，长成青蛙总是要被人吃掉的，我爸爸估计十年八载都回不来了，我妈妈早就说了，我爸爸是去日本捡尸体去了，我妈妈说想离婚，她不想跟一个捡尸体的在一起，她没法再跟我爸爸睡觉了。"

李离离开乌里时是一个暴雨倾盆的午后，他没有通知任何人，包括我。据说，当时目睹那一切的是陆欢，他正准备去外国语高中报道，外国语高中是我们家乡最好的学校，他看见李离走的时候，手里拿着一个玻璃罐头，里头空空如也，并没有那些黑漆漆如眼球的小蝌蚪。

过了很多年后，我总是能想起李离和我说过的那个梦，梦里，他的放大镜突然有了魔力，只要放在蝌蚪身上一照，不到一厘米长的小蝌蚪就能变成了一种巨大的鲸鱼，游向深海，通过那片海，蝌蚪可以抵达他爸爸身边，捎一些祝福，但是他讲，梦里他对爸爸说了什么，已经全然不记得了。

/ 月老术

她在少女时代就表现出与年龄不符的早慧。

那是一个秋天，门外的梧桐树开始凋零，她坐在二楼，远远望见父母发生了一场争吵，她的奶奶，那个双鬓斑白的老人很快从房间里出来，像抱小狗一样把孙女抱回家，锁了起来。

要是爸爸妈妈离婚了，小梦愿意跟谁啊？少女眨了眨眼，她从老人眼中读出了同情，她也深知，很快，她将会从邻居亲朋那儿接受到一模一样的表情。跟谁都没有关系，她不是一个拖泥带水的孩子，她可是拥有月老术的人啊。

第一次发现自己对男女姻缘拥有预测能力，还是在她八岁的时候，她坐在那株活了很久的梧桐树下打盹，住在一楼的姐姐挽着男朋友的手徐徐踱步而来，沉浸在爱情中的女人自然而然地把她视作了这场甜蜜爱情的见证者——这是我的男朋友。旋即，有个声音从她的脑袋里横飞而出——他们不会在一起的，那念头稍纵即逝，像一个暂时搭出来的罪恶现场，等你想去寻觅蛛丝马迹时，一切却化为沙漠。

你怎么了？姐姐笑嘻嘻地从荷包里拿出一个棒棒糖，塞给她，这是大哥哥给你买的。她自然不能在这种时候兜售内心不成熟的自觉，于是她笑了笑，说，大哥哥长得真帅。大姐姐心满意足地笑了。这件事让还处于孩童时期的她感受到了一股天然的恶心，宛如生日聚会上，用来吃的蛋糕，被人一股脑砸在头顶。

大约过了三四个月，一整个漫长的暑假过去，她开始独自背着书包往返于家与学校之间。就在那个林荫密布的小巷边，她目睹了大姐姐与大哥哥的分手，那些刀片一样的句子在小巷内穿梭来去。她掏出一个粉色的小笔记本，写下一行字——第一对，一楼姐姐唐笠与她的初恋男友。

　　过了不到三年，那个粉红色的笔记本上就已经密密麻麻布满了恋人们的"遗体"，她终于明白自己的确拥有了这种毫无意义却又无比伤人的月老术，事实上，她的少女心从拥有月老术的第一天起就下落不明，在懵懂少女们的青春岁月中，她被荒唐地拒之门外，变成了一个清心寡欲的尼姑。

　　如果明知道今天出门会被蛇咬，咬到后不治身亡，你还会出门吗？当然不会。每当有人鼓动她去恋爱，去受伤害，去享受甜蜜的刺激时，她总会搬出一些古老的故事，以此警告身边的人不要去谈没有结果的恋爱。

　　多年来，她一个人吞咽着这个秘密，如同废弃宫殿内的女巫，永远郁郁寡欢的样子，在她二十五岁那年，那扇门被打开了，母亲把她蛮横地推了出去——你去相亲吧。

　　每次不超过五分钟，相亲就不欢而散，她像敏捷的豹，第一眼就嗅出对方并非她的猎物，于是煽风点火，制造导火索，让大火在二人之间迅速蔓延起来，这样的方法屡试不爽，直到遇到一个名为阿陌的男人。

　　那个男人看起来很冷淡，要不是他们两个人都拥有茂密的头发，人们一定会怀疑一个从寺庙里打坐归来，而另一个从尼姑庵里徐徐而出。她一直盯着表，盯着分针走过了五分钟，可是脑子里那把决断利器竟然尚未闪现，她第一次遇到这种情况——月老术失灵了。

　　我们结婚吧。名为阿陌的陌生男人从上衣口袋掏出了事先准备好的戒指，笑了笑说，我觉得我们会在一起的，从小我就知道谁和谁可以在一起。

她也笑了笑，很冷淡地接过戒指，八爪，一克拉，在灯光的映照下熠熠生辉，但同时又像一个玻璃做的囚笼，她的父亲母亲，同学，闺蜜，所有人，都心甘情愿地跳了进去，而她，借由月老术的庇护，一再隔岸观火，但就在那一刻，她知道，她没有借口了。

婚姻生活如约而至，第一年、第二年、第三年……她一直在等待那个时刻，月老术从丛林中一跃而出，再度给她以神明般的启示，可是并没有，那个锁链好像就此断裂，她旁观者的身份已被身边的男人涂抹殆尽。

坦白来说，阿陌待她不薄，算得上知冷知热的好丈夫，逢年过节时更是变着法讨她欢心。别人纪念日是吃烛光晚餐，而阿陌则驱车带她去近郊的萤火虫主题公园；别人只是送送花，送送香水，而阿陌则在植物园领养了一种她喜欢的花，亲自栽种。旁人都道："你真是好福气。"她却将阿陌的热情揉成纸团轻易丢弃，"男人嘛，总喜欢耍花招的，腻了就会很快变脸。"

也不是完全没有动过心，在第二年的结婚纪念日，阿陌带她去了草原，夜深人静时，他们就平躺在帐篷里数星星。她把头枕在他臂弯上问："要是我们以后分开了怎么办？"阿陌笑了笑说："你不该问以后的事，你应该想想现在。"

可她依旧享受着不幸姻缘的包围，每一天去上班，坐到办公桌上，她远远就能预测出身边那个即将走入婚姻殿堂的小女孩会在一年后因丈夫出轨而离婚，而那个每天喋喋不休秀恩爱的上司也没法与丈夫白头偕老。如同死亡判决书一般的沉重地压在她的头顶。

这一切迫使她愈加焦虑，她怕自己真的爱上阿陌，从此泥足深陷，万劫不复。

必须悬崖勒马，她决定在命运给她裁决之前，就率先动手。离婚协议书静静躺在书桌上，远远望去如同一口棺材，她打算将萌芽的爱意和甜蜜过往，一齐封进去，永别了。

她约阿陌出来谈判，谈判地点选在他们初遇的地方，从哪里开始就从哪里结束。窗外，天空的脸暧昧不定，不知下一刻是晴是雨，她懒散地翻阅着路人的表情，就像观赏情感杂志，透过落地玻璃窗，她看见了一个熟悉的身影，虽然没有看清脸，但她认得出，那就是阿陌，这让她浑身一震，原来他们已经这样熟悉了。

对不起，来晚了。

没关系，你坐吧。

他们拥有别的夫妇所没有的默契，但这并不能抵挡她对未来的预期。她开门见山，将事情和盘托出，为了强调真实性，她直接将月老术兜了底，希望能劝退眼前的男人，即使他们之间已经有了浓烈的爱意。

阿陌握紧咖啡杯，笑了笑，"我早知道会有这么一天的。很早的时候我就发现你和别人不一样了，你对什么事都缺乏兴趣，尤其是谈恋爱，其实有很多次，你都无意识地说过谁和谁不能在一起，后来这些预言，一一得到验证。在你的抽屉里，有个粉红色小本，上面所记录的情侣统统都分手了……所以我猜想，你是不是拥有什么能预测他人姻缘的能力……"

听了阿陌的话，她乍然一惊，为了掩饰内心的恐惧，只好拿细长的吸管搅弄咖啡里的冰块，冰块与冰块撞到一起，又保持默契地绕开，就像她和她的丈夫，永远无法融为一体。

"我想，或许远离人群会让你更快乐，于是变着花样带你去郊外，去萤火虫公园，去空无一人的海边美术馆，去开阔的草原……我希望你渐渐感到那种奇妙的能力消失了，不再缠着你。"

"你缺乏的只是勇气而已。"阿陌将一半滚烫的咖啡倒进了她的杯子里，虽然冰块没有即刻融化，但已经呈现了投降的颓势，她的热泪夺眶而出，伴随而来的，是脑海里那个汹涌流出的声音——"你们不会有结果的。"

她小心翼翼地抹掉了眼角的泪，将目光投向窗外，半明半暗的天依旧没有任何预示，她哽咽道："我们不会在一起的，这么下去没结果的，我刚才已经预测出来了。"

阿陌握住她的手，"那又怎样呢？我们结婚后三个月我就知道了，可是现在我们在一起三年了啊……"

她突然想起她和阿陌第一次见面时，男人笃定的眼神及那句"从小我就知道谁和谁可以在一起"，原来阿陌和她一样，也是拥有月老术的人。

她抬起头，第一次正眼打量阿陌，男人眼里有一种不顾一切的勇气，她猜想，那就是千千万万人冒着飞蛾扑火的险境愿意尝试的东西。窗外，雨毫无征兆地下落，没有打伞的恋人都紧紧依偎在一起。那些曾经困扰她的声音都被雨点一一抹去，此刻，她只听得到自己的心跳，扑通，扑通。

/ 请偷走舌头

她每天回家第一件事是把舌头放进冰箱里。

　　放之前，她会双手合十，进行虔诚的祷告，舌头的一天太不容易了，为了让她如履平地，舌头每天都过着如履薄冰的生活，一旦说了假话，舌头就会感到浑身烧得火热。

　　用塑料保鲜膜将舌头封好，放进冷冻冰室之中，第二天取出来的时候，舌头会渐渐融化，并再次变得鲜活，这是一种冷冻休眠法，睡饱了觉的舌头通常会忘记自己前一天受过的侮辱。

　　耳朵住在水缸里，它喜欢和小鱼玩捉迷藏，且有轻微的自虐倾向，喜欢被人咬的感觉，要是有人整天朝它身上吹气就更棒了，它会害羞地跳起来，可事实上，耳朵的一天都在疲于奔命，它站在音墙之下，歪着头默默记录下一天听到的废话，疲倦至极，只有在水里嬉戏时，它才能忘掉一切的烦恼。

　　把鼻子从脸颊上摘下来时，要注意里头掉出来的不明物体，有时是女人的丝巾，有时是男人的臭袜子，气味变成一件又一件实物堵塞了鼻子的家，为此，鼻子会希望自己能待在衣柜里，那里让它更有安全感。

　　为了让眼睛过得更舒服一些，她耗费了大半个月制作一个万花筒的小盒子，只要摘下眼球，然后顺着那个七色的滑道将眼球送进去，眼睛就会发出愉悦的感叹，它们可以在里头玩一整夜，不知疲倦，不觉孤独。

　　睡觉时，她不脱鞋子，她总是幻想自己在深夜出走，有了鞋子她可以去远方，离开这个既定的地点，离开这份工作，这个爱人，这个屋子，这一切。

而这些对她来说只是幻想，她是奴仆，白天伺候公司里琐碎的事情，与复印机纠结在一起，像绑定的机器。回到家，她开始擦拭感官。早晨起来后，她马不停蹄地收拾一切，一边为舌头化冻，一边把耳朵从水缸里捞出来，用吹风机吹干，鼻子总是躲在衣柜角落里，她时常要摸十几分钟，才能把鼻子揪出来，而这一切，都要在没有眼睛的情况下运作，因为，眼睛醒来得最晚。

如此，像一个环状的死结，她总试图在深夜中出走，甚至希望，这些小东西们也能在月光的照拂下，悄悄结盟，然后打开房门，一起溜出去，可是这些东西偏偏不走，第二天起来时，它们总是待在原来的地方。

为了打破这个死循环，她雇用了一个小偷，付重金请小偷盗走她的五官。当然，在此之前，她没有告诉小偷究竟是偷什么。"不用知道偷了什么，偷了之后直接丢进江里就行了，千万记住，要在没人的时候去。"

那天深夜，她照例做完一切，平静地躺在了柔软的大床上，因为听不见，看不见，她并不能确定小偷到底做了什么，她甚至听不到自己怦怦的心跳，看不到月光透过窗帘的缝隙漏了一缕灰在地板上。

她终于如释重负地睡了个好觉，过去的每一天，她都睡得不安神，一想起第二天还会看到头一天见过的那些器官，她就难受，她的心脏在午夜缩成一团嘤嘤低泣。

她已习惯了在同一时间醒来，不需要闹铃，不需要耳朵，醒来后，她会径直走向冰箱去寻找舌头，而今天，她把手伸出冰箱里一阵乱晃，寒气从指间直扑心尖，她觉得有什么被冻住了，但不清楚是什么，那些失去的部分仿佛永远地失去了。

而就在这座城市的另一个角落，在那条每天有无数人经过的河边，小偷捧着活蹦乱跳的舌头、尚在昏睡的鼻子以及湿漉漉的耳朵，第一次不知所措。他抬起手伸向了自己的舌头，想试一试是否能将那玩意拽下来，就像他的雇主每天做的那样。

/ 请虚构我

他最后的微笑是 0.38 口径的，从那以后，人们开始大肆议论他的脸。

谎言家

———

消息从北面传来时，吴不言正在家中修理那辆屡屡失灵的自行车，这车是他唯一的宠物，在数目庞大的旧货博物馆中，他唯独钟爱这辆车，"这是唯一的证物，不会再有了，我会把它修好。"他信誓旦旦地对前来采访的记者说，"你们可以碰别的，但不准动这辆车。"

多年前，陈鸟第一次来到乌城时，第一个见的人就是吴不言，那时他们彼此都在揣测对方的身份，吴不言脸庞黝黑，生着络腮胡子，如一头饱经风霜的豹，陈鸟则套在黑框眼镜中，如初生雀鸟。"请为我指路。"吴不言低下头，继续侍弄自行车黑色的齿轮链条，他厌倦了为这些陌生人指路，有时不耐烦了就乱指，他曾将一个口干舌燥的旅客指向沙漠，三天后，人们在乌城通往 703 城的路上发现了旅人的尸体。

"信口开河不是错，我不是凶手，害死他的人是他自己。"吴不言是天生的说谎家，他善于将所有事撇清责任，对于陈鸟的死，他没有发表意见的兴趣。"他是一个好人。"记者踟蹰了几秒，在速记本上写下一行字——"陈鸟是个好人。"

陈鸟一进入这座城市，就失去了对方向的决断力，从前，大概是在五岁左右，他不识字，却爱上地图，他的父亲断言，这是一种家族血脉的传承，陈鸟的爷爷一生不擅长任何事，唯一的本事是带领他人穿山走巷。"我儿子未来可能成为一个地理学家。"陈乌的妈妈断言他儿子不会走上老陈家的老路，"至少是一个博士。"在脐带剪断的那刻，这位从农村走出来的妇女就拥有了一个全新的机会容器，她深信只要将这个婴孩放入适当的培养皿里，结果将令她满意，"也不是必须光宗耀祖，但至少有个大学学历，成为地理学家不错，他从小就爱看地图。"成年后，陈乌决定辍学，他爱上了旅游，对于在地图上假模假样地找路这件事失去了兴趣，"现代徐霞客"，他如此称呼自己，在二十岁那一天的夜里，他在可以看到漫天星光的帐篷里发了一个誓——去寻找一座不存在的城市。

　　陈乌来到乌城的第三天，他爷爷就死了，死于民国时期没有挖出的地雷。对于老爷子的死，家里有两种意见，一种认为是自作自受，一种则迁罪于那些没有看好老爷子的人。当然，让他们更痛心疾首的是陈乌的无故失踪，在老爷子的头七之日，陈乌的姑姑从农村请来了作法的人，"家里有晦气"，人们被迫吞下香灰和符水。陈乌的妈妈哭得呼天喊地，谁也不知道她到底在为谁难过。

　　吴不言的小铺子在乌城边界处，远远望去如一片灰色的蘑菇云，他的家，常年阴暗潮湿，霉味从四面八方涌出，床下生满了霉斑。每天下午五点，太阳落山之际，他一个人拿出锅碗与刀，独自烹煮食物，但真正的下酒菜并不是这些，而是那些过客们的故事，心情好时，他会留下旅客一起吃饭，但这件事在吴不言四十二岁那年戛然而止，从此以后，吴不言对旅客的态度再也不是知无不言，"你永远不知道他们会坏到哪个程度。"他对来访的记者说了许多话，记者在纸上马不停蹄地记录着，但这些线索毫无意义，全部都是吴不言的自言自语，偶尔有两句可以剔出来作为陈乌一案的资料，但也不过是点缀的花朵而已，并不是树木的躯干。

四十二岁后，吴不言少了一只耳朵，他离群索居，没有向任何人透露耳朵失踪之谜。那年秋天，他遇到了问路的陈乌，凭借多年经验，他知道这是一个涉世不深的年轻人，他看到了他的内脏器官，至少有一半空空如也，亟待填满，于是，吴不言邀请陈乌入屋，同时请他欣赏自己的自行车。

"这是好东西，现在再也没有这种好东西了。"陈乌惊觉自己在家中听过一模一样的话，他的父亲在中年以后时常不可遏制地怀念逝去的青年时代，即使那个时代充斥着无序与混乱，甚至人吃人的恶劣事件。人永远会怀念过去，他们怀念的不是那个时代，而是那个年代里年轻的自己。

在吴不言的眼里，陈乌看到了许多人，他，他的父亲，他父亲的父亲，"简直可怖"，但同时又有奇异的兴奋，人总会在某个年纪通过不可逆转的事件窥见人生真实的秘密，大部分人在死前才会经历这一刻，但陈乌在二十岁这一年就领教了。

麻醉师

——

　　朴欢敏锐地注意到这个年轻人身上没有一个伤口，没有伤口的人不属于这座城市，他通过这个细节确定了陈乌异乡人的身份。

　　"一块肥肉。"——朴欢向记者这样陈述，"那时我以为自己又有工作可做了。"没有工作的时候，朴欢会反复清洗左臂上的伤口。在他二十岁时，他与一个女人，即她日后的妻子共同约定将对方的名字文在自己身上，二十年后，他意识到这件事的愚蠢，海誓山盟不过一坨废纸，没人打算跟他天荒地老。

　　朴欢天生擅长缝补人体。一开始，大约是八岁左右，朴欢的父亲将一个破碎的洋娃娃和一卷针线交到男孩手中——"试试把娃娃修好。"男孩对娃娃没有兴趣，但针的形状令他着迷，在武侠片里，杀手利用暗器将人杀于无形之中，朴欢将自己假想为这样的能人异士，开始穿针走线，不到一小时即将成品交还给父母。

　　"做得好。"十岁时，朴欢收到的生日礼物是一辆赛车和一只白兔，白兔的下腹处有一道人为的伤口，"治好它"，朴欢不知道这是命令还是祝福，他从那时开始知晓父母的职业，一个是屠夫，一个是医生，朴欢的父亲解释道，如此有助于阴阳平衡，一个损，一个补。

　　乌城的人在成年后会涌入朴欢的家中，他们相信只有接受过朴家的手术才能算一个完整的成年人，手术并不难，只要剖开背部，塞入数目不等的发条，即可完成。朴欢在十八岁起开始承担缝补责任——这是最后一步，简单，可以练手，以后就可以继承家业了。

"据说，长期执行机械化的行为，久而久之，你也会变成一台机器……"多年来的独居生活助长了朴欢的倾诉欲，他总希望人们可以停留得久一些，无论是陈乌还是记者，每一次谈话期间，他都要不断强调，"先听我说完……"在朴欢的记忆里，陈乌是唯一有耐心听他倾诉的人，他将这一切归结为陈乌没有执行过发条手术，这个年轻人还不知道这个世界的运作法则是不顾一切地奔跑。

陈乌来到朴欢家里只是想打听有关乌城的一切，他拿出一个泛黄的小本子，高声朗诵："1927 年 6 月，一批运粮队伍消失在了乌城南面的墨水河……"朴欢将一块锈蚀的怀表交到陈乌手中，阻止道："你看看现在几点？"陈乌头也不抬地答："11 点。"朴欢站起身，披上衣服，拍拍屁股上的灰尘，朝远方天际注视了一阵，"那么，我要开始做事了。"

十一点是执行手术的时间，多年以前，朴欢的祖先是一名刽子手，总在午时一刻挥刀砍人，那是阳气至盛的时刻，冤魂会在刹那间被冲散，找不到报仇的路径。"我觉得自己已经病入膏肓，无可救药。"朴欢剖开鱼腹，小心翼翼地剔除鱼刺，眼泪如鱼晶亮的眼珠，啪嗒啪嗒汇入鱼腹之中。妻子死后，朴欢关了诊所，偶尔做些推拿的活计，每当捏到顾客发凉的脊骨时，他总会浑身战栗，他能感受到发条与骨骼的区别，前者冰冷，没有温度，是城市建筑材料遗下的废物，后者支撑生而为人的尊严。

"那时我还不知道他们做着这样的勾当……"朴欢声泪俱下，就像使用劣质添加剂的食品从业者，他并不知道那件事最终的危害，"我们一家人只是拿它糊口而已。"陈乌在本子上匆匆记下这一切，对于乌城，他一无所知，哪怕拿到的材料支离破碎，那也比什么都不知道好。

朴欢十分清楚吴不言的用意，只要给陈乌的身上装上发条，他们两人都会获得一笔数目可观的财富。"你应该关心你的养老问题，而不是为你死去的老婆哭哭啼啼。"在三周前的牌桌上，吴不言和朴欢商量利用这件事来阻止异乡人的进入——"最好的办法就是给他们装上发条，那么他们就和我们一模一样了，就是合格的乌城人了，皆大欢喜。"回家后，朴欢对着老婆的遗像磕了三个响头。他的老婆死于失血过量，那还是三年前的事，那时他在出差，出差回来后，他本想给老婆一个温暖的拥抱，迎接他的却是冰冷的尸体。"为什么不听我的话？"但责备对尸体来说没有任何意义，在离开家之前，朴欢曾多次叮嘱自己的老婆——"千万不要拆下发条。"可答案显而易见，他的老婆并不听话，人们将原因归结为朴欢老婆的出身——要知道，她毕竟是个身上流淌着异乡人血液的"混血"，这样的人总是天生反骨。

在三十岁时，乌城人会涌向北面的一座大宅，这个时期，他们要接受另一项手术，拆除部分发条，注入一定剂量的麻醉剂，"要快速将那些不切实际的想法代谢掉"，接受过这种手术的人总会回到朴欢的诊所奚落他——"你做的事情有什么意义，总有几根发条要拆掉的，简直浪费我们的钱和时间。"

"你要知道，这是一个过程……"朴欢坐下来，坐到那张他妻子最爱的榉木书桌前，开始写信，他决定将陈乌转移到一个相对安全的地点，或者劝他赶紧离开，"能走就走吧，不要多做停留，我不敢想象接下来发生的事。"妻子死后的许多年，朴欢都沉溺于后悔之中，他不该将她留下，"逃不出去的，这是一个笼子。"

共 谋 者

———

　　陈乌从未想过，人真的可以安之若素地住在笼子里而毫不抱怨，他们又不是鸟，但有朝一日有了飞翔能力，被禁锢将成为更惨的事。来到乌城那座年久失修的养老院时，陈乌手里只有一条半凉的鱼，那是朴欢给他的，"拿给院长，你将谋得一份工作，只有那个地方会接受你⋯⋯"

　　养老院里的老人有一半都得了记忆障碍，他们长时间地往返于不同的时空里，"根本就不需要时间机器，只要你有一个混乱的脑子，随便去哪里都可以。"院长告诉陈乌，他的工作颇为简单，"给他们送药，让他们吃下去，就可以了。"

　　陈乌在第二天清晨开始了他的工作。他大学的同窗好友热爱历史，后来成为了口述历史的研究员，他告诉陈乌，想撬开一个城市的隐秘伤口，最好从那些白发苍苍的老人下手，他们什么都知道，无论是过去还是未来，当他们老到一定程度，器官衰竭，细胞的生长渐缓，他们会把童年记忆里最清楚的一部分毫无保留地展示出来。

　　下午太阳落山的时候，陈乌意识到他上了同学的当，也上了一条险恶的贼船，在听完十三个光怪陆离的故事后，他手上的红蓝药丸还是没有送出去，"听我说，不听我说完，我不吃。"如果固执是一种无期徒刑，那么老年人是最容易获罪的人群。三楼的教授喋喋不休，在很长一段时间内，他拥有传道解惑的权力，阶梯教室可以容纳上千人，每一次都座无虚席，他接受国家表彰，穿梭于各大讲座之间，受到电视台和报纸的采访，荣耀在五十岁那一年达到巅峰，接下来便盛极而衰，他最后的尊严都是自己虚构的。陈乌安静地记着笔记，不敢抬头反驳任何，但另一个面色颇为红润的老奶奶则小声对陈乌说，"你不用看他的，反正他也看不见你。"

"你应该告诉他，这是糖，不是药。"到了某个年纪，说谎便不再令人脸红，"这是一种生活方式。"织毛衣的老太太针法高超，围巾已经颇有雏形，"你不能跟他说真话，他听不进去任何真话。"

陈乌意识到被人欺骗、自我欺骗是构成乌城的重要载体，是这座城市的骨骼，所有一切沿着这个脉络生长，人们的一生在此生根发芽，没有丝毫意外，养老院里的老人会损失记忆，这里也是一间学校，陈乌必须和老人一样，重新接受驯化。

工作了半个月后，陈乌因绩效不达标被开除，当时，院长正在吃一条没有鱼刺的鱼，他告诉陈乌，人应该走一条没有荆棘的路，太过较真对自己和他人都是一种伤害，在院长目送陈乌离开的那段时间内，有一位老人从养老院越狱，准确来说，是跳楼自杀，那时陈乌刚从楼梯间步行到可以看得见阳光的大草坪上，风拂在脸上格外温柔。

老人住的屋子原是一座笼子一样的椭圆体，如果老实地待在里头，他应该还能活很久，活到八十岁、九十岁、一百岁，可是他不甘心，从二十岁起，他就发誓要离开乌城，到远方去看看，可是七十岁了，他已经没有任何能力离家出走，孩子们把他送到养老院里，告诉他好好休息，您能活着是我们全家最大的幸运，在过完七十九岁生日的一天后，老人敞开笼子的大门，不顾一切地跳了下去，飞翔的姿态如一只雄鹰。

这并不是第一个用死亡方式越狱的人，陈乌在本子上记下自己所看到的一切。

杀手 C

——

在乌城，能拿枪的人不多，C 更是其中为数不多可以随心所欲使用枪支的人，在他年岁尚小时，他的父亲告诉他——"等你长大后，一定要做个与众不同的人。"在说完这句话五分钟后，他的父亲饮弹自尽，枪是偷来的。

自那时起，C 对枪支开始熟稔，一开始他只是为了搞清楚弄死他爸爸的怪兽究竟是什么，他对冰冷的武器开膛破肚，发现枪既没有大脑，也没有心脏，到底是谁在操作这个怪兽呢？C 拒绝接受他父亲自杀的事实，尽管人们在饭桌上从来不说，但私底下总会小声议论 C 的父亲是个懦夫，而懦夫会养出小懦夫。

"我不是懦夫。"每次杀人时，C 都要在心中默念这句话，在杀了五十个异乡人后，他终于获得了梦寐以求的自信。清明节时，他去坟地为父亲上香，在低头跪拜的短暂期，他利用自己沾满血腥的手与去世的父亲对话——"爸爸，C 城里数得出来的杀手只有五个，我是其中之一。"

乌城第一场雪来临时，养老院的院长找到了 C，并将陈乌的照片交给了这个久经沙场的杀手，"看清楚，无论如何，杀掉他。"C 拍了拍院长的肩膀，"放心，包您满意。"

接受任务后不久，C 成了另一个陈乌，他模仿陈乌的穿着打扮，

31

二十四小时马不停蹄地跟踪他，陈乌去上厕所，他也要悄声潜入，C认为，杀手和目标人物会在死亡降临的前夕变成恋人关系，他喜欢那种撕心裂肺的感觉，子弹从枪口飞出去那一刻，自己的某一部分也痛快地死去了。

"异乡人"，他们如此潦草地称呼陈乌，但这个人恰恰是对乌城最感兴趣的人，设在市郊的那座市立博物馆乏人问津，只有陈乌这样的人才会千里迢迢坐车去看，那儿有什么？乌城的人不知道，也不想知道，那些矗立在城市里上百年的文物、古刹、遗迹也和他们没有半毛钱的关系，无人关心这座城市的历史。

博物馆杳无人烟，如同沉睡多年的巨兽，一走进这只巨兽的体内，阴凉的气息扑面而来，很快，C发现整个展览室里只有他和陈乌两个人，他前所未有地战栗起来，杀手从不恐惧，但他们害怕暴露。C压低帽檐，假装欣赏一幅画，并强迫大脑进入文字阅读时间，这次展览的主题是——"乌城微缩生活志"，展示的内容是上百张画和摄影照片，还有一些塑料和黏土做的微缩景观。陈乌拿出笔记本认真地记录着，他在纸上划线，不时点头。C不知道陈乌在做什么，"难不成他真的发现了这个城市的秘密？不可能，乌城没有秘密。"

陈乌在一辆废弃的自行车前久久驻足，那辆车和吴不言送给他的一模一样，车的轮胎处打了一个小型的二维码，扫描后可以听到一段朗读，说是朗读，但那声音分明浸过水，像一个满腹心事的人在月下自言自语，而那个人正是吴不言——"我送给他们车，希望他们可以穿过门前的梧桐树，转个弯，离开这个鬼地方，但没有人这么做，他们总想深入城市腹地，去寻找不存在的冒险，前天夜里，有个年轻人和我说，他要去新大陆，去新的城市，去另一片海岸，他不能在他出生的地方荒废掉，可是根本没有这样的地方，他们绕了一圈之后总会回到原点，根本就没有别的路。"

那声音久久在大厅内回荡，C也听到了，C离群索居多年，从不和雇主以外的人接触，这声音里透露的秘密让他大感意外，从此他认识了一个新名字——吴不言。他想，无聊的时候或许可以杀掉这个人，送他归西之前，榨干所有秘密。

听完了自行车里的话，陈乌很快移动到一堆发条前。据说，在很久以前，乌城有一个发条艺术家，他可以使用机械齿轮制作任何东西，一头恐龙或一个人，有一年，艺术家在家中闭关三月，为一年仅有一次的庆典制作了一头发条怪，庆典当天，艺术家受邀演讲、走红毯，在他走到第十步时，发条怪巨大的脚如一扇乌云压到了艺术家的头顶，艺术家当即殒命。"发条崇拜。"陈乌拿起一块金属仔细端详，乌城地方志中记载了这段历史，乌城的所有人都要在成年之后接受这项手术，不然无法活下去。

杀手C摸了摸自己的背部，他最开始摸到的是一柄带有体温的手枪，接下来才是脊骨，那里没有发条，他在成年之前失去了父亲，母亲早就下落不明，没人告诉他这码事，他知道自己是异类，并且从不打算融入人群中。

在乌城大多数人早起赶公车上班时，杀手C还在睡梦之中，仅有的几次，他为了跟踪目标而早起，跟了几次就犯了呕吐的毛病，在树林的掩护下，他大口地呕吐起来，那次的目标是一个普通的上班族，每天上班下班，吃饭上厕所，一年到头都在重复自己，杀了他和不杀他又有何区别？他早就死了。C为自己的多此一举感到难过。

随着太阳的西沉，博物馆即将迎来闭馆，C在暗处跺脚，他不能在这里杀掉陈乌，或者这个敏锐的异乡人已经感到了死期将至，他只是在拖延时间而已。陈乌最后观看的作品是一个锈迹斑斑的鸟笼，笼子长约四米，宽约三米，陈乌打开门，走进去，C也打算进去，他已经为枪装上了消音器。

"但你进不来，一次只能装一个人。"陈乌注视着杀手C，这让C一阵尴尬，没有哪个目标敢和他如此对话，那些孱弱的人类只有跪地求饶的份儿，C没有讲话，他打算转身离开这里，再寻觅个新的机会杀掉陈乌。"但是挤一挤，好像也可以。"陈乌向C伸出手，C不得不也伸出手，笼中位置狭小，两个人挤在一起，十分窘迫，几乎是脸贴着脸，鼻子碰鼻子，C能感到陈乌平缓的呼吸，长久以来，C训练自己成为敏锐的捕食者，在嗅到猎物气息的刹那，以武器为獠牙，结果对方的命，但这一刻，他决定不杀死陈乌，他突然起了玩弄猎物的意，"再看看，再看看他能玩出什么花样，遇到这样的目标不容易。"

就在杀手C着迷于欣赏笼子上的锈斑时，陈乌一跃而出，离开了笼子，同时上了锁，"你好。"陈乌鞠了一躬，"我认识你，你是乌城有记载以来最厉害的杀手之一，你先别急着杀掉我，以后有的是时间，我就想问你，是谁派你来杀我的。"

"这不重要。"杀手拿枪指着陈乌道："你现在还有机会跑出去，但你不可能比我的子弹更快，你或许可以狡辩，但我绝对不会相信任何话。"

"你错了，我没有打算狡辩，狡辩只会让我看起来像个贪生怕死的傻瓜，在踏上旅途的第一天我就知道要抛弃幻想了，人不可能既经历冒险又不付出任何代价，但我想，你或许可以帮我做一件事，我想知道自己是否真的来过这座城市，这需要依靠一些线索来拼凑。杀掉我之后，你去找吴不言、朴欢和养老院院长吧，我就见过这么几个人，或许还有更多人，但他们大约完全不记得我了。"

陈乌最后的微笑是0.38口径的，从那以后，人们开始大肆议论他的脸。

虚构者或一个洗心革面的杀手

———

对 C 来说，开锁不是难事，陈乌也没打算真的套住他，他感到无聊，一个人如此轻易地死去，几乎毫无挣扎，他们在武器的面前丧失了所有话语权。回到家后，C 将风衣放进洗衣机里绞了，在聆听洗衣机那种绞肉似的声音时，他开始阅读手里的两份日志，一份来自他的父亲，一份来自陈乌。

他差点怀疑这个异乡人在某个无人知晓的深夜爬进了他的窗户，偷走了有关他父亲的一切，要不然，这两份日记为何一模一样，日记里的线索似乎在揭示某种真相，但 C 并不想知道，依照院长的交代，如果要拿到酬金全额，他必须在接下来的一周里杀死所有见过陈乌的人。

C 进入吴不言那潮湿阴暗的屋子时，打了一个巨大的喷嚏，他很快被那辆老旧的自行车吸引，他告诉吴不言，他是某家报纸的记者，陈乌死了，他们要对这件事做一个专题报道，希望吴不言提供一些线索。

在拆完自行车的所有链条后，吴不言才第一次抬头注视 C，他对陈乌这个人没有特别的印象，"无非是另一个傻子而已，他们总觉得自己可以逃脱某种命运，最后还不是拐进死胡同。"吴不言指了指角落里的红色自行车，"喂，你要不要这辆车，收你便宜点。"C 预支了酬金的十分之一，送给了吴不言，他想，这个人真是该死。

C推着自行车进入朴欢的院子时，朴欢已经死了，死于重物的压力，在发条所筑的废墟下，C找到了朴欢和另一个陌生男子的尸体，男人的手里紧紧握着一个本子，C猜测对方是记者，朴欢死时正在擦拭妻子的遗像。门口白墙上推拿按摩的红字有些脱落，凭着杀手的直觉，C找到了另一个隐秘的角落，那是一间书房，房间内堆满了杂物，所有空隙处都塞满了人类的骨骼。这时吴不言也走了进来，他摩挲着下巴笑了笑，从荷包里掏出双倍的酬金——"终于找到了，我们做个交易，把这些东西拖回去吧。"这么多年了，吴不言一直在寻找离开乌城的办法，他每天守着进城的那扇门，看着那些傻瓜远道而来，寻找所谓的真理，"可我只想逃啊……"在中枪倒地的刹那，吴不言抱着C的腿哀求，"把我葬在哪里都好，不要葬在乌城，那些钱是酬劳。"

　　线索断了，他必须去找雇主，C来到养老院时，院长正笑眯眯地等着他，"我为你准备了一个房间。"C知道，这里没有房间，都是笼子，统统都是笼子，但他需要那样一个藏身之所，尤其是老了以后，简直一笼难求啊，在乌城，没人会拒绝院长的美意。"谢谢，但我的酬金在哪里？"院长将抽屉抽出来，里头空空如也，"都被偷走了，就是那个外地人偷的。"C的脸因恼火而迅速肿胀，现在死无对证了，他亲手杀死了唯一能帮助他的人："你是个骗子，院长，你是骗子。"C拿枪口对准了那个老迈阴森的男人，"但你杀了我就什么也得不到了。"院长转动了桌上的地球仪，他对乌城的一切了如指掌，包括C身上的一百个天真想法。

　　离开养老院后，C打算离开乌城，在此之前，他必须弄清他父亲的一生。父亲死时，遗物处理得潦草，他们从家中四处搜出父亲穿过的衣服，使用过的物品，卷寿司般裹成一团扔入一个巨大的桶中，"没人需要死人的东西。"他看见父亲的气味、父亲的皮屑、父亲的一生消失在了熊熊烈火中，对创伤记忆的逃避，让C在多年后忘记了父亲的真实生日，究竟是十月八日还是十月十八日，人们说这不重要，大部分人并不知道父母这辈子究竟做了什么，人们通过互相隐瞒过完了充满秘密的一生，但是 C 拥有父亲的日记本，本子的开头记道——"我是在冬天来到这座城市的，那一天我遇到了一个修车匠，他说他叫吴不言，吴不言问我为什么来乌城，我说我不知道，我可能也会去别的地方，只是恰巧到了这里，吴不言给了我一辆车，让我随便朝哪里骑，他指了指西边那条路让我朝那边走。我知道那条路是出城的路，所以我选了另一个方向。"

"异乡人。"C 突然意识到，他自己身上也淌着异乡人的血液，多年来他自视高明地杀了那么多同类，简直像个笑话，他应该在父亲去世的第一刻就翻阅父亲的日记，可那时他还不识字，其后，父亲的日记因种种原因丢失，他几经辗转才重新寻回这唯一的遗物。

陈乌死后的第三天，乌城的报纸上登载了一条简单的新闻，说的是一个闯入的异乡人死在了博物馆里，死因是谋杀，人们起初大感意外并不断寻找死亡者的脸，他们试图从记忆里大肆搜索证据证明这个人的确存在过，可是并没有，陈乌这个人和有关这个人的一切彻底地消失了。在那一天，有个戴帽子、着风衣、开着卡车的人离开了乌城，他随身携带的物品是两本内容完全一致的日记，卡车的后面载着无数乌城人的白骨，开车的人在冲破城界线时默默背下了日记本里最后的话——"不要试图打开任何一份地图，你并不会抵达你想要的远方。"

/ 霉变

天渐行渐暗，雨从远方杀过来，以黑脸示人。

她不知道要去哪儿，闪身进入骑楼。骑楼真是伟大的发明，雨在楼外行，人在楼内行，彼此不用打上照面。这次的出走完全是个意外，此前，她从未想过他人的狂欢会令她如此落寞，就好像别人正在开香槟庆祝，而她被困在办公室的格子间内，做毫无意义的事。

这是长假的最后一天，经过长达六天的穴居生活，她打算出来透透气，哪怕是让太阳晒一晒潮湿的身体也好。小时候，她住一楼，每到阴雨天，整间屋子都像浸没在水中。外婆说你不要觉得你睡的是床，随时都会变成船的。她不知道外婆经历过什么，但垫在外婆枕头下那张泛黄的旧报纸说明了一切。那是 1932 年的夜晚，城市遭遇洪灾，当时的书里记载——"居民于睡意朦胧中，遭此巨浸，首以逃命为先，所有财帛家具，均无携取之暇。"

她对这种天灾人祸，没有天然的憎恶。无所谓，人不能和天斗，可现在，她不过是想出来晒晒太阳而已，居然遭逢暴雨，刚才天还是好好的呢。之前也是，好不容易定了去厦门旅游，可台风天让厦门岛遭了殃，她因此被滞留在这座城市，动弹不得。

所有的期许都会落空，所有的晴天都会遭逢雷暴，她怀疑自己是染上了某种不堪的体质，即从某一个时间节点起，她与好运成为两条平行线，再也没有顺遂的路可走，以后的路只会越走越窄，越走越难，如今的种种波折不过是上天的训诫罢了——让你及早意识到人世的不堪，然而还得硬着头皮走下去。

她倚着柱子，打量街上行色匆匆的人，人们为了避雨，纷纷往骑楼里钻，她偏安的那一隅渐渐拥挤起来，她不喜欢和人有肢体的接触，人们凑过，她就躲过去，捉迷藏似的，东躲西藏。很快，她退到了一间杂货铺的门口，她转头，见一只黄猫坐镇店内，而老板不知所踪。

"老板，买烟。"一个男人唤了几声，卷帘纹丝不动，倒是猫，一跃而上，钻入柜台的椅子上，猫拉长躯体，伸了伸爪子，骄傲地望着想买烟的男人。在那一刻，她突然觉得猫就是这店的老板了，儿时她常独自在狭窄巷弄间穿梭，不论何时，总有些老板不好好待在自己店里，但猫儿却从不乱跑，它们总是拣了破板凳，懒洋洋倚靠着，借着点阳光静静地守店。

等了好一会儿，雨不但没有停，还越下越放肆。她一会儿站着，一会儿蹲着，烦躁不堪，她觉得自己是被困住了，就像好不容易坐船去寻找新大陆，船只却在中途触礁，她流落到了荒岛之上，她转身想找个空位，却发现身后一团软绵绵混不着力……是猫，那只黄猫正微眯着眼望着她，她突然有些同情猫了，是不是这天气把猫也困住了？

骑楼纵深数条街，也不是不能走，但只能沿着这一条路走，猫儿躬身一跃，又跳回地面，稳稳着陆，那猫儿望了她一眼，又喵了一声，仿佛在领她去一条无人小径，她觉得有趣，便寻着猫的方向走。

猫在前头走，她在后头走，不一会儿就拐入一间破败的屋子，雨越下越大，天都下黑了，那房间里没开灯，只隐隐闻到一股巨大的霉味，住在这间屋子里的人应该很难受吧？在她的童年记忆里，到处都是腐烂的气息，衣服永远潮湿，这屋子让她熟悉，又熟悉又憎恨。她借着微弱的光寻到了一把椅子，那猫对着椅子叫了几声，她当然不懂猫的语言，但有椅子坐是好事，站了太久，她的双腿已经替她做了决定。

她坐在椅子上，嗅着一屋子的霉味，柜子里，夹缝里，墙壁的角落里，到处都是那种味道，阳光照射不进来，漆黑一片，她忽然觉得很安心，这房间幽深如洞穴，完全就是为她准备的。

坐了好一会儿，雨声渐收，猫儿也醒了，突然有光破门而入，与光源同时出现的是一个瘦小的女人，她看不清她的脸，也看不清她的年纪，只是隐约嗅到一股更深的霉味。"没关系，没关系啊，你坐吧……"她猜想这女人便是杂货店的主人，或许是午睡睡得太久，疏忽了看顾铺子，至于那猫，恐怕是通人性的吧。

天光大作，屋子也亮起来，她注意到房间里所有的东西都是形单影只的，筷子只有一双，碗只有一个，伞只有一把，再抬头见那瘦小女人，却是女人先开的口："我一个人住好多年了，这还是第一次有人进来……"女人转而对猫微笑。她忽觉恐惧，这假日最后的探险完全是个隐秘的圈套，那猫是诱她进来讨独居老妪欢心的？此刻，她只想逃。

"没关系啊，再坐坐吧。"

"不了，不用了，谢谢您了，雨都停了，我还有事，我先走了。"此刻，她只想逃，逃进人间烟火里，逃进拥挤人潮中，她恨不能此刻就钻入人山人海的风景区，和数万万脂肪人肉挤在一起。穴居多日，她本以为自己已经习惯了那种清冷，可更大的清冷袭来时，她才恍觉自己只不过是凡人而已。

选择那种生活，恐怕需要巨大的勇气。她夺门而出，回到骑楼，人潮已经随雨水散去，天也放晴，她拍拍裙子上的尘埃，生怕那霉菌黏上了她。

再度回到人间，连菜场都不惹人厌了。从前，她极讨厌那种气息，路上永远脏脏的，鱼的尸体、菜的尸体、腐烂的肉，统统暴露在光天化日下，她不喜欢这种没规没矩的样子，成年以后，她来到另一座城市生活，耗尽近半数工资，只为住进高档住宅，那里有森严的门卫，青灰色的砖墙，永远不打招呼的邻居，她热烈拥抱着都市的冷漠，这冷漠像极了她自己，永远壁垒森严，不愿与人有过分深度的接触。

节假日后，鲜红的印记还残留在墙壁之上，那份虚伪的热闹已过去，城市再度开工，她坐到熟悉的工位上，倾听同事们从各地带来的逸闻趣事，事实上，她一点儿也不想听。

"这是我从云南带回来的火腿……"同事热情地讲着自己的趣闻，同时"走街串巷"地分发自己从远方带来的纪念品，临到她座位上时，随口问了句，"你假期去哪儿了？"

她不知该如何作答，整整七天，有六天她都闭门不出，唯一出去闲逛的那日还遇到了神经兮兮的杂货店店主，"哦，我病了，在家里休息。"她寥寥数语，一笔带过，同事"哦"了一声，放过了她，毕竟，人们对没有八卦的人毫无兴趣。

她不喜欢同事，但那火腿是好吃的，咸味适中，带着远方的气息，晚上的时候，她突然来了兴致，打开了某部有关食物的纪录片，其中一集便详尽描述了这种火腿的制作过程。

山野里，翠绿一片，她想，这不也是一种旅行吗？何必去人挤人。她一边吃着火腿，一边欣赏那纪录片，她突然发现那火腿一开始是被悬挂在一间暗无天日又潮湿的屋子里，火腿要经过长年累月的霉变才能出落成今天的样子。专家在纪录片中指出，这样生长出来的菌类经考证证实十分有益人体健康。

那霉味从腹腔涌出，她迅速跑到卫生间里，开始放肆地呕吐，霉的，到处都是霉的，那味道她已经闻了很久了，吐完了之后，她关掉了电视机，一个人呆坐在沙发上，目光落处，她白净的手臂上长出了绿色的斑点。

这是什么？她想起方才电视机里看到的霉斑，霉变时，会有这般变化。

她怀疑是换季引起的皮肤过敏，但身边并无可商量之人，以前每逢换季，她的身上便会长出湿疹，这些都是习以为常的事，但这次不一样。为了让真相水落石出，她约了周末去看医生，医生一定知道究竟发生了什么。

一踏入医院，消毒药水味道汹涌袭来，那不是好闻的味道，清洁工使用廉价的84消毒液来掩盖血的味道、烂肉的味道、药水的味道，在这种掩饰下，她身上的霉味也被清扫殆尽，这让她拥有了短暂的心安。她向医生陈述病情，并拉开袖子，展示"霉斑"。

"嗯？"医生疑惑地望着她，她的手臂白净如一截洗过的莲藕，什么也没有，没有绿色的霉斑，甚至连蚊虫叮咬的痕迹没有，她当即哑然，医生笑了笑说："您是不是最近失眠了？有点神经衰弱，可以去隔壁的科室看一看。"隔壁的科室？她猜想医生已经将她判定为精神病，她旋即拿起包，夺门而出，霉了就霉了吧，总比被人当成疯子好。

离开医院后，霉味再度袭来，她不敢搭乘公共交通工具，她生怕霉味像狐臭一样将她暴露在众目睽睽下，所有人都可以通过这种气味来判定她并非正常人。

此刻，她只想当个正常人，结婚也好，生子也罢，被父母唠叨也没有关系，她只想做个不会遇到任何意外的人，她已经没有勇气独自待下去了。她的眼里涌出杂货店老板佝偻的身影，女人的身体像一所年久失修的破庙，寡人问津。

她给家里打了个电话，电话接通了，那一头却迟迟没有声音，半晌才出现一句苍老的"喂"，那句"喂"里好像包裹着十二口痰和一个剧烈的咳嗽，她听得出，那是外婆的声音。外婆老了，耳朵已经不灵，伴随失聪而来的是失语，虽然嗓门洪亮，但常常是自言自语而已，她想挂掉电话，却有些不忍。

"你已经独自过了很多年了吧……"她隐约听到一句颇为清晰和肯定的句子，她和她的外婆，一个年轻，一个苍老，都已经独自过了很多年了，自从外公去世后，外婆便是一个人生活，即使儿女在身边，但她依旧是形单影只的，她已经与整个世界失去了联系。

她用乡音唤了一声外婆，语带哽咽，外婆在那边不清不楚地答了一句"哎"。她想，反正外婆也不知道她在说什么，不如就和外婆讲讲霉变好了，就在她打算向外婆这个糊里糊涂的老者宣泄内心真实想法时，电话被夺了过去，虽然电话那头是悉悉索索不清晰的杂音，但她很清楚，电话一定是被她母亲夺了过去。

她和她的母亲开始了打乒乓球一样的对谈，两个人都谨小慎微地打着自己的小算盘，她知道，母亲无论如何是要劝她回家乡的，"打算什么时候回来呢？隔壁小梦都快生二胎了，你看看你……"她悚然一惊，立即意识到找父母寻求家庭慰藉是一种极端错误的行径，人不能因为另一条河难走，就返身跃入臭水沟，她敷衍了两句，挂断了电话。

凡事总有源头，她想不通自己怎么变成这样，她突然意识到事情是在走进杂货铺时发生变化的，她应该去那里看看，说不定能找到解药。

她急匆匆朝杂货铺杀去，天上一朵黑云，追着她走，"该死，怎么又下雨。"她没有带伞，只得再度躲进骑楼中，路渐行渐窄，人越来越多，她总想避开迎面而来的面孔，可是躲不开，好几次都差点跌入陌生人怀中，是高跟鞋的问题？是雨地湿滑的问题？是心理失衡的问题？她找不到路，只能闷着头开疆拓土。

是几号呢？她根本没记清楚门牌号，但现下，记不记门牌号已无所谓，因为整条街都封了，都处在待拆状态，好几间铺子空空如也，大门洞开，铺里头堆着乱石沙砾，还有建筑物的残骸，在灰色砖瓦的包裹下，一切都成了黑白照片，只是暗处躲着一团一团的绿。

"您好，我想问一下这间店的店主去哪里了？"她终于凭着残存的记忆寻到了杂货店的门口，但那里早已人去楼空，她拦下一个清洁工问，"我有重要的事找店主。"

"这条街要拆了啊，人都走了，我怎么知道呢？"

拆，拆，拆，到处都是一片混乱，她找不到小舟，在崩溃的边缘，她蹲下来，像住进墙壁多年的霉菌，全身心附着着一根没有灵魂的石柱，她将头埋进两膝之间，尽力将多年的压抑浇筑在自己小心翼翼建立的城墙内。"一定不要让别人看见"，她发誓让那些想法永远藏在阴暗角落，静静腐烂。"一定不要让别人看见"，就像多年以前，她从不带同学来家里玩，她不想让任何人发现她住在一间发霉的屋子里。

"喵——"

是猫的声音，那声音惊了她一跳，天空乍然放晴，她发现猫已经跳到了街角的小报刊摊上，猫爪按着一份报纸，她将报纸买下，猫嘤咛一声，乖乖地走开，她摊开报纸，发现了一条新闻，新闻上写的是——"杂货店老板李女士在拥挤狭小的货仓清理藏货时，被意外坠下的货物一箱箱压住，死去，几天后，臭味传出，周围邻居破门而入，发现李女士的遗体埋在货堆之下。据悉，李女士今年四十八岁，未婚……"

她突感喉头腥甜，一口血堵在了嗓子眼，报纸另一栏的心理版块赫然写着——"一旦你做真正的自己，你就要承受没有同类的孤独……"

她放下报纸，找寻猫的声影，而人群渐密处，猫只露出一条摇摆的尾巴，她不知道猫去了哪儿，没有主人的猫又能去哪儿呢？也许，再过一年半载，这片老旧的商区将改建成全新的商区，所有的霉斑都会被迅速剔除，商场的建设者会使用更优质的防水材料，还有更加强力的空调或者抽湿器，总之，一切将翻天覆地，没有什么可担心的。

霉变在雨季结束时悄然停止，她在长有斑点的部位小心翼翼覆上了文身贴纸，那是一只花猫，远远望去，根本分不清斑点来自她的身上，还是猫的身上。

　　在翌年的新商圈开放仪式上，她见到了那间杂货店改头换面的样子，改建后的铺子窗明几净，透露着一种宁怡的日式风格，所有的家居摆件都站着整齐的队列，墙壁由白瓷砖砌成，她四周望了望，并没有什么想买的，可是，总不能白来一趟，她唤来店主，轻轻问："有除湿器吗？"

　　"没有，但是有加湿器……"

　　那加湿器的确是她想要的样子，白瓷色的身子，还有缭绕的雾，一圈一圈喷涌出来，她凑过去，嗅了嗅，竟闻到一股久违的熟悉味道，伴随而来的是手臂上的痒，她知道有什么回来了，那些念头将刻入骨髓，永远伴着她活下去，她活一天，它们也会存在一天。热闹都是假的，她将永远霉变下去，这满室潮湿味，才是真正令她心安的味道……

/ 发条怪

奶奶一个人固执地住在河对岸，这是十年前开始的事情，父亲和母亲并不清楚河对岸发生的事，用母亲的说法，她早晚也是要过去的，所以对那边的风景不甚关心，而父亲的理由则更加没有可挑剔之处——"我和你奶奶在一起过了很多年了，我知道她在那边什么样。"

　　雨下到一定程度，没有谁能解决这样的积水，即使市民们一再向当地政府反映下水道工程的不足，但每到下雨天，人们依旧从直立行走的人变成了摇摆尾巴的鱼。他从房里推出自行车，打算骑车去给奶奶送饭。

　　"你不应该骑车，你应该划船去，我跟你说了多少遍了，你把船停在岸边，从那个桥上走过去。"母亲有一半脸已经和奶奶长得一模一样，他在黄昏的余晖中站着，不知道自己是在听谁发号施令。

　　少年的腿陷在积水里，一切都是不由自主的。每天清晨，他都被浓重的鱼腥味熏醒，起来后，计算数学公式与死鱼的条数，下午喝鱼粥，而傍晚，也就是这个时候，他不能吃一口饭，只能让奶奶吃完饭后，他才能享用晚餐。

　　可是谁也不知道路上发生的事，有好几次，他都在下水道迷宫里迷路，幸运的是每一次他身陷险境，奶奶总能拄着拐杖出现，拐杖是这位老者唯一的武器。

　　住在河对岸的奶奶和谁都不一样，她没有梦想，也没有生存压力，她有的只是寿命存折，每天夜里，她早早躺在床上，聆听自己的生命像骨头里的钙一样渐渐流失。

"不要难过，我告诉你，我一点都不难过，自从我拆掉身上的发条之后，轻松多了。"奶奶神神秘秘地抚摸着孙子的脊椎骨，"真可惜，你身上的发条还在生长，看样子，还不止一根。"

少年快速地打开饭盒，非常娴熟地把三样菜和一碗饭摆开，他甚至连筷子和勺子都摆好了，为的就是尽快让奶奶吃完饭，尽快回家，吃他自己的那碗饭。

"不急嘛，这么急干嘛，我的饭可以分一半给你，你看，还挺热的呢。"

他坐在那个岁数比他还大的老式竹椅上，利用门缝漏进来的一点点光，尽情观察着这个他称之为奶奶的老妇人——斑白的头发、眼角的皱纹、佝偻的背，他一想起自己有一天也会被子孙送到河对岸，便不寒而栗的抖了抖身子。

"你在怕什么呢？"奶奶吃饭的动作缓慢得像一种丛林中的动物，他的身子稍稍从竹椅上浮起，这是起跑的动作，他打算跑了。

奶奶很快注意到了少年的不安，她利用的仅仅是老者的直觉，在她还小的时候，她有过和少年一模一样的念头——逃离这个家，逃离河的两岸。

少年终于鼓足勇气站起来说："我要走了。"

奶奶说："你真的打算走吗？"

少年很快犹豫，在推门的刹那，他突然想起母亲的嘴脸，那副喋喋不休的样子与经年不衰的控制欲，同时，他也想起两点一线的枯燥生活，他从来没有观赏过河对岸的风景，因为母亲老早就教育他——早点去送饭，早点看老太婆吃完，早点回来，早点吃上自己的那口饭。

奶奶说："留下吧，今晚就在这里住吧，房子大得很，不怕。"

当天夜晚，少年和衣而眠，他只是打算跟河对岸的母亲赌个气而已，并不是真的打算陪伴一个独居多年的老妇人。

奶奶说："翻过去，把你的身体翻过去，背对着我。"

少年旋即翻身而眠，墙上有斑驳的黄，像巨人身上的尸斑。奶奶说："我又仔细数了数，你身上发育好的发条是一根，其余还有四根正在生长之中。"

少年轻笑一声问"发条是用来干什么的？"

"哎，"奶奶哀叹一声说，"他们果然没有告诉你发条有什么作用，跟我小时候一样，我的爸爸妈妈也从来不说这些事。"

"那你可以说啊。"少年的眼睛在空气中晃来晃去，他在寻找飞虫的身影，那个虫子神出鬼没，有时候又分裂成两只，一雌一雄。

咚咚咚，沉重的敲门声像榔头砸在少年的头上，"怎么回事？"他从床上一跃而起，而奶奶还在缓慢地穿衣服，"没什么事，每天晚上都会有几个不知好歹的人过来，你睡吧，我去开门。"

奶奶关掉了卧室的门，这扇门很奇怪，插销在外头，简单来说，卧室从此刻起变成了牢房，而少年则成了犯人，他趴在门板上试图听清楚外头的一举一动。

什么也没有，没有风的声音，也没有人的声音，连脚步声都没有，所以，当骨头断裂的声音传来时，一切变得格外刺耳。

少年吓了一跳，他不曾想到那个手无缚鸡之力的老妇竟有这般能耐，竟然可以徒手折断他人的骨头，而约莫半分钟后，他才想到另一件事——会不会是别人要杀他奶奶。

他立刻开始捶打门，上了年头的木门不但纹丝不动，甚至越来越厚，慢慢变成了一堵墙，少年越是迫不及待地想出去，那扇门越是挑衅似的回击着他的拳头。

"安静一点！"

每次听到这四个字，他都像失去骨头的狗，蹲下来缩成一团废纸，这一次也不例外，他捂着耳朵蹲了下来，等待外头的人继续发号施令。

在他年岁尚小的时候，整条街都在飘荡着发条怪的传闻，大人说那是一个三米多高的怪物，全副武装，专吃小孩，发条怪跑得极快，没有谁能逃脱他的魔掌，如果被抓住，就要成为发条怪终身的奴隶。

奴隶是什么意思呢？有好事的小孩说，"当发条怪的奴隶也不错，既然他这么厉害，应该能保障我们一辈子衣食无忧吧？""呸呸呸，大人们围成一团说，人怎么能当怪物的奴隶呢？"

许多家长为了哄骗孩子睡觉，经常会虚构发条怪来袭的传闻，比如在炎热夏日的午后，吵闹的孩子在凉席上滚来滚去，家长被搅得烦躁不安，于是跑过去关上卧室的门，大喊一声："发条怪来了！"

在少年的记忆中，他从小就是被这么吓唬过来的，吓唬着睡去，吓唬着吃饭，吓唬着上学，按照这个逻辑，以后应该也会被吓唬着工作、吓唬着结婚、吓唬着生子。反正，都是发条怪的错。

可是，在他屈指可数的人生中，发条怪并没有脚踏实地地出现过，哪怕一次。

少年屏住呼吸，努力偷听着门外的动静，他只想知道结果而已，不管外头是发条怪大战奶奶，还是奶奶大战发条怪，他都希望自己能静静站在一边观战，河对岸的生活实在太无趣了，他需要刺激。

他就这样等着等着，一直等到睡觉，等他醒来时一切已经恢复了平静，就像昨晚那场暴风雨从来没来过。

醒的时候，奶奶正在抚摸他的脸，他把奶奶的手移开，他不愿意苍老的树干在他脸上移动，仿佛他自己也会染上迅速凋谢的病。

"奶奶，告诉我发条怪的事。"

奶奶把断了一条腿的老花镜"啪嗒"一声完全折断，这声音像极了昨夜硬物断裂的声音，奶奶笑了笑说，"你想知道什么呢，我不知道你想知道什么，但是有一些话一直堵在我的喉咙里，我要吐出来。"

接着，就像鱼迫不及待地跃出水面，奶奶以极快的语速复述了她的一生——

那时我还是一个少女，和你一样，爱骑自行车，每天傍晚去河对岸给年迈的爷爷送饭，我一点都不喜欢过那种生活，我喜欢花花裙子，漂亮的蝴蝶结，柔软的蛋糕，可是，我连饭都吃不饱。

那时我还不知道有发条怪，我只知道街上所有的人都行色匆匆，他们从来不看别人一眼，只顾盯着脚下的路，暴雨来临时，他们就成群结队面容麻木地坐在船上，每个人都很焦躁，"师傅，师傅，划快一点，师傅……"

厌烦给老人送饭是很容易的事，从送饭第一天起，我就快快不乐，我不能把这种情绪带回家中，因为母亲的巴掌会告诉我，我不该流露出这种嫌七嫌八的表情，我没有资格。

我一直希望有个什么王子或者骑士骑着白马来带我逃离这种日子，可是，我等来的不但不是王子，竟然连人都不是。

那天晚上，大雨滂沱，我不想因为送饭而弄坏了新裙子，因此跟母亲大吵了一架，吵完觉得无颜留在家中，不得不穿着雨鞋飞快地离开了那个家，一路上我都在想我为什么要过那种生活呢？是不是一辈子都要这样呢？结果，就在我分神时，我掉进了一个洞穴里。

洞穴里什么也没有，只有一个怪物，我想你应该知道了，那就是发条怪。说起来他长得不算太丑，只是过于冰冷，一个全部由发条组装起来的人能有多温暖呢？他通体灰色，连眼珠子都是灰色的。

他蹲在洞穴一端，痴痴地望着我，我想跑，可是脚似乎被发条怪的影子定住了，动弹不得。发条怪走过来，摸了摸我的头说"谢谢你来看我，你想要什么呢，他们都想要我身上的发条，我送给你，你想要吗？"

我根本都不知道发条是用来干嘛的，只好拼命摇头谢绝他的好意，可我又担心发条怪会因为被拒绝而震怒，于是我又点了点头，反正发条吗，要来总是有用的。

发条怪像一头冬眠乍醒的熊，由于身躯过于沉重，每走一步，他都要喘息良久，他抬起右臂从胳膊上抽出了三个发条说，"给你。"我从他手中接过发条，整个人都开始颤抖，拿不动，根本拿不动，这些发条太重了。

"我帮你装到身上去，这样你就可以过你想要过的生活了，也可以去你想要去的地方。"

"是吗？"

"是的。"

我已经完全不记得那三根发条是如何穿透皮肤，进入我的身体里，我也不记得它们有没有和我的肋骨或者别的骨头好好相处，我唯一记得的是自从装上发条后，我再也没有慢下来过。

最明显的改变是我骑车的速度变快了，我再也不会跟爷爷唠叨良久，我不愿意注视路边的野花，更没有闲工夫去池塘边捉蝌蚪了，我跑得越来越快，长得越来越高，我拼命地拔高自己，让自己快速运转起来，后来，如你所见，我工作了，结婚了，生子了，我再也没有停下来过。

"那不是很好吗？"少年仰起头，打断了奶奶的话。

好吗？是很好，我年轻时也以为一切都很好，直到我把自己弄丢了，我也变成了发条怪，我发现自己身上除了发条，一无所有，早晨，我马不停蹄地去上班，中午，我回家为一大家子人做饭，尤其是生了你的父亲和你叔叔之后，我再也没有自己的时间了，发条拧得越来越紧，当你的爸爸长大之后，他又很快结婚生下了你，我根本没有停下来的理由。

"那这么活一辈子，好像也是挺无聊的。"少年挠了挠后脑勺，若有所思，他这个年纪，并不能明确知道发条怪的威力。

"奶奶，那昨天晚上来家里的人又是谁呢？"

"那是来找我拆发条的人啊！"奶奶继续说，"自从我搬到河对岸后，每隔三周我就会去拜访发条怪，他还是那么其貌不扬，但身上的担子明显轻了，这些年里，他把身上的发条送给了许多人，所以他现在看起来苗条多了，好几次我们在河边散步，我都跟不上他的步子。"

"也就是说，想得到自由，想飞起来的话，应该把发条拆掉？"少年脑子里什么也没有，只住着一个有关飞翔的梦，他束手束脚地长大，心中唯一的期盼是自由。

"奶奶？"

老妇人终于从自己的回忆中转过身来，她望着迫不及待的孙子，拿出了珍藏多年的手术钳，"我知道一定会有这么一天的，一定是我来为你执行发条的手术。"

"疼吗？"少年问。

"不疼。"奶奶说。

少年坐在老竹椅上，雨后的微风轻轻拂过他的耳梢，恼人的蚊虫也不见了，取而代之的是蝴蝶和空气中残留着泥土的香气。他静静地坐在那儿，快要睡着，而另一边，在门的阴影下，奶奶用剪子剪开了孙子的背，她没有把那些生长中的发条一根又一根地抽出来，而是单手伸到腰间的如意袋里，一股脑抽出十根发条塞进了孙子的后背里。

"是不是感觉好多了？"奶奶问。

"是啊，感觉好多了，感觉自己马上就可以飞起来了。"少年笑眯眯地回答。

/ 妻梦狗

那天夜里，丈夫变成了狗。

她在夜里并未发现这个秘密，只是觉得身子冷，像抱住了冰块，但怀抱里明显空荡荡的，她下意识拿脚去凑丈夫的脚，希冀为自己冷掉的身子加热几分钟，可下脚处，空空荡荡，像踩在悬崖边缘。

早晨起来时，睡相变了样，她抬手，触摸到一个毛茸茸的东西，梦里，她陷入池塘中，想捕捞一日三餐，鱼从水中一跃而出，旋即被风开肠破肚，鱼泡、鱼鳞四分五裂，糊了她一脸，她因此吓醒，睁眼，又吓得更醒。

是狗，一只巨大的金毛犬，紧闭双眸，与她脸贴着脸。她对猫狗没什么特殊的喜爱，但也没有特别的讨厌，只是还怀疑自己处在梦中，第二层梦里。可又明显不是，一切都太像正确的日常，闹钟显示的是早晨7点，她要起床上班的时间。

她照旧洗漱、换衣服，那狗也在五分钟后醒来，徐徐来到卫生间，并未抬头看她，而是非常娴熟地找到了马桶的位置，一跃而上，就像他丈夫每天做的那样，同时又翻开几本早已被翻烂的杂志，大张旗鼓地看了起来。

而狗并不说话，就像她那个木讷的丈夫，即使把嘴巴撬开，灌进去消毒药水，也什么都问不出来，用男人的话说，每个人都有每个人的生活曲线，习惯了就好，哪能每天都有话说。

过去，没有任何解决办法的余地时，她便在心里咒骂，嫁个男人还不如嫁条狗，她向闺蜜倾诉自己婚姻中的点滴不幸，闺蜜们却异口同声地说，结婚了不就是这样吗？你就当养条狗吧，时间长了，也总能培养出一点感情的。

但那狗并不是初生小狗，甚至已不是壮年，他的步伐老态龙钟，像被什么不知名的大手踩踏过，胡须也挂得老长，微风一吹，颤颤巍巍。还是很像，像丈夫，每天回家后都疲态百出的样子，她越发觉得这不是一个梦。

无论是不是梦，班总是要上的，她收拾得总是慢，即使早一步起来，还是会晚一步出门，新婚燕尔时，丈夫总是笑笑地等着她，但时间一长，丈夫开始不耐烦，每天时辰一到，丈夫便迅速地弃门而去。

那只金毛犬叼着公文包，站到了门前，她吓得赶紧站起来去开了门，虽然多年夫妻感情已经淡漠，但身为妻子的责任总像枷锁束缚着她，比如，回来要拿包，回来要给丈夫挂衣服，出门要帮丈夫收拾好一切，为他系领带。

那狗静默地望着她，像在等待什么神秘的加冕仪式，她娴熟地拿起领带，挂到了金毛犬的脖子上，狗望了她一眼，像主子示意奴仆可以离开，她站在门前，呆呆地望着那狗渐行渐远。

在地铁上，她抓耳挠腮，想着如何向身边人解释丈夫变成了狗这一事实，指不定有人说出多么难听的话——不是跟你说了要好好服侍老公吗？你每天诅咒他变成狗，现在好了，真成狗了。对啊，对啊，变成狗也没什么不好啦，他平时反正也不怎么搭理你，狗就狗呗。

"扑哧"，她突然想到什么似的自顾自地笑起来，可一想起和丈夫早已没有夫妻生活，并再也不往人兽滥交的猎奇新闻上想了，也没什么，狗就狗吧，毕竟，人和狗总是吵不起来的。

她同时也想试探其他同事会不会遇到这样奇怪的事，于是，借中午吃饭的闲聊时间，她问同事阿芬，"我问你个事情啊，要是你的老公哪天变成一只狗，你会怎么办？""怎么办？"哈哈哈，阿芬忽然拍桌狂笑不止，"他变成什么样我都懒得管，变成狗倒好，摇头摆尾，多听话，总比出去乱找女的强。"

她惊觉阿芬和她关注的并非同一件事，对阿芬而言，丈夫的底线就是不出轨，变成狗也好，变成飞蛾也罢，总之，履行不出轨的责任即可，其他的根本不是重点。她忽然有所顿悟，自己是否对丈夫要求过多，一会儿希冀有共同语言，一会儿又贪图温暖安慰，这是连宠物都做不到的事啊，丈夫怎么能做得到。

回家后，那只不知道是丈夫还是狗的生物坐在电脑前，玩起了电脑游戏，她想，这一点倒是与丈夫的习惯如出一辙。她溜进厨房，开始准备晚餐，做着做着，她突然想起，狗大概是不吃这些食物的，于是她从厨房里探出脑袋问，"喂，你吃什么啊。"

狗并没有回答她，好像在等待她继续揣摩它的心思，她悻悻地站在厨房门边，叉着腰，不知如何是好，如果一个人的话，晚餐也用不着做，吃泡面好了。

她很快煮好了一碗泡面，同时拿出两根火腿肠，放到了金毛犬的面前，那狗并未抬眼望她，依旧沉浸于游戏之中，等她吃完面后，火腿肠也不翼而飞了。

如此这般生活下去，生活二十年，三十年，倒也不是什么大问题，这犬忠诚得很，多半不会出轨，但大抵也会继续无趣下去，她才这么年轻，倒像个独居的孤寡老人，希望从这不会说人话的动物身上得到温暖。

但这只狗又不是普通的金毛犬，他不会对主人阿谀奉承，不会摇尾乞怜，更不会用肥厚的皮毛去温暖主人的心，这只不过是一个披着狗皮的臭男人罢了，还不如一只真正的狗呢。

想到这里，她怒火中烧，从角落处抽起板子就朝那金毛袭去，可金毛跑得很快很快，竟然从窗中一跃而出，消失在了茫茫树影之中，真可恶，她想，为什么要住一楼，现在那个坏东西居然就这样弃她而去了，她做错了什么？只不过是发了一点小小的脾气而已，至于大动干戈到离家出走吗？

她迅速穿好衣服，打算去外头寻找那只金毛犬，可丈夫好找，狗难寻，狗都长得一模一样，根本认不出来，她想，男人也是如此，到了一定的年龄阶段，分不出彼此，连种类科目都越来越像。

夏日，夜风燥热，街上遛狗的人许许多多，她从小区找到广场，从广场找到公园，把大半个城区都走遍了，还是没有寻到那只狗的身影，她在花坛边颓然地坐下来，咀嚼着自己的不幸，走了倒也好，走了就再也不用担心如何相处了。

就在她轻松愉悦，哼着小歌，走在回家路上时，一只金毛犬从斜刺里杀出来，不知何时，脖子上竟然多了一条绳索，这金毛犬似乎正是她要找的那只，这让她不安，她打算另辟蹊径。

你怎么在这里？

你怎么在这里？

握着绳索的女人正是她的婆婆，她低头，不知如何回答，半晌才挤出两个字——"散步。"

"军军呢？"婆婆有婆婆的固执，"你怎么一个人散步，没和军军在一起。"

噗，她内心冷笑，心想，军军此刻不正握在你手里吗，多么心照不宣的事，还找我理论，真是无理取闹。她想世间的婆婆大多是无理取闹的，养了孩子，即使转交给他人，还是那么的不放心，总要定期回来看两眼，无论如何，那绳子就是脐带，斩不断的。

"没什么事，我先回家了。"她拔腿欲告辞，可婆婆却将那绳索递上来，蛮横地递上来，"我还有点事，你先帮我遛一阵子吧，我有空了过来接它。"

她目瞪口呆，恨不得瞬间人间蒸发，好不容易摆脱了丈夫，却又被婆婆黏了满身，就在她思索拒绝之词时，婆婆消失在了茫茫黑夜之中。

于是，她与狗并肩走在一起，就像多年前与丈夫热恋时那般，星星还是那些星星，月亮还是那些月亮，夜辉也是一样的醉人，可是，有什么东西变了，就在丈夫变成狗的那刻，有东西变了。

四野无人时，她自言自语道："所以，你要怎么样才肯变回人呢？"

"汪，汪，汪！"看得出，那狗很努力地叫着，想从心窝子里把话掏出来呈送到她面前，可人与狗，始终无法沟通。夜色沉默着，她回到家里，强行结束了漫长又煎熬的一日。

如此下来，终于捱到了周末，她报名了一个宠物班，打算去理解宠物的语言，她想，冰释前嫌总是得从沟通上开始，如果不了解丈夫到底在说什么，那如何能够让他变回人形呢？

"大声的、高频的吠声表明宣示领地和攻击性。短暂的、有频率的吠声表示警告同类有危险。可能伴随狰狞和咆哮。清脆的吠声表示问候。音调高的吠声表示愉悦、友好。突然的尖叫表示痛苦。低沉的一声吠也表示警告。"

台上，老师的话语温柔，大部分的狗与主人也十分亲密，只有她和那只金毛犬，像刚认识似的，一点也不热络，她想，狗的叫声无非就那么几句，挺简单，可那都是情绪上的东西，丈夫要说的话，她还是理解不了。

"要耐心一点。"老师将她的手搭到了金毛犬的身上，在触碰到那皮毛的瞬间，她的手反射性地弹开，她拒绝这个和丈夫有关的东西再与自己有染，她只是想让丈夫变回人形，然后好好讨论离婚事宜。

她继续百无聊赖地听课，老师忽然讲到了狗与主人的故事，说的大抵是狗的寿命比人短多了，要好好珍惜家里的宠物，在座的人频频点头，只有她，目光错愕，嘴张得老大，她马上想到，那是不是意味着，丈夫的寿命也缩短了。

这么想着，那金毛突然也像动了感情似的凑过来，她把它抱在怀里，忽然觉得气味舒服，感觉温暖，如同再度回到热恋时丈夫的怀抱。但很快，她知道这只是一种错觉，丈夫不可能永远这样，离婚后，丈夫就变成了前夫，是死是活，活多少年，都不会和她再有任何的关系。

"关键问题是，要好好对待你们之间的关系，要有耐心，不要随便发脾气。"女老师的话带着嗲嗲的台湾腔，让她生出一丝反感，这不是变相的鸡汤吗？人类活着就很不容易了，还要忍来忍去，太痛苦了。

可让丈夫赶紧变回人形的欲望越来越强烈，无论如何，她不能让自己的结局变成这样可悲的下场，于是，她打算，还是对这只金毛犬好一些，将它供起来，真情也好，假意也罢，姑且试它一试。

她开始变成一个称职的主人，一个娇妻，照顾金毛的情绪，陪他看电视，哪怕是球赛；给他做饭，每天都不同花样；在他生病时，一刻不离的照顾……这一切，都让她倍感疲倦，然而，这却让她连日来的失眠不药而愈，因为很累，所以什么也思考不了，倒头就睡。

功夫不负有心人，丈夫的情况终于有了起色，就在四月的第一天，丈夫又变回了人形，目光温柔地望着她，而她突然发现自己有些不对劲。因为，她变成了猫，她从丈夫逐渐惊恐的眸子里望见了一个再也不想变回人的自己。

/ 难以下咽

林白的胃是一条长河，每天夜里三点开始滚动。

　　他沉睡在滔滔的水声里，就像枕在一艘昼夜不歇的船上，船不大，只是很小的独木舟，他伸伸手，河水就会顺着手漫上来，无数个深夜，他盘着脚，独自坐在船上，像个入定的高僧。

　　他想消灭这个罪恶的声音，为此，他开始绝食，晚上八点之后再也不进食任何与水有关的食物，米饭也不行，米饭是水稻，水里种出来的，如此折腾了好几天，夜里的水声倒是小了，但更大的轰鸣声像防空警报般，在林白的器官空城里跑来跑去，他饿。

　　"我想你大概是有胃病，脾胃不好的人，对水的运化很差……"

　　林白在公司的茶水间搅咖啡，咖啡形成的褐色漩涡突然黏住了他的眼球，将他的思绪一路下拽，无数条信息流从他的脑袋里肆无忌惮地杀过——"喝咖啡会损伤胃黏膜……"

　　"够了！"咖啡杯猛地砸在地上，方才还在假装好心的同事整个人弹跳起来，"哎呀，你怎么这么不小心啊，你这几天做事心不在焉的，是不是家里有什么事？"

　　能有什么事？家里什么事也没有，他孤身在这个城市打拼，住在单身宿舍里，唯一需要料理的就是他自己的事——他的工作，他的升职，他的加薪，他的爱情……

　　他觉得胃里一阵痉挛，翻江倒海般的难受，他跑去卫生间不停地干呕，可是足足呕了五分钟，一无所获，路过他的人嫌恶地看了他一眼，但为了展现同事之间的友情，依旧假模假样地拍着他的肩膀道："喂，你没事吧，是不是中午吃坏东西啦？"

呕了半天，一无所获，林白再次回到了他自己的电脑前，他不大愿意去医院，一个人去医院，总觉得孤独，再说，万一真的得了不治之症，岂不是更难过？他默默咽下恐惧，开始搜索胃病的解决办法。

"有没有人和我一样胃里经常会咕噜咕噜响？"他向那个泱泱大海发出求救信号。

"唉，我就这样。""咕噜咕噜党在此。""我也是，咕噜咕噜响，我是慢性胃炎。"

他的嘴角泛起了微笑，"幸好，幸好，有人跟我一样，看来没什么事情，就是普通的胃炎而已。"他觉得自己这艘小船终于从杳无人烟的海上飘到了一个停泊的地方，船只越来越多，人也越来越多，终于没有那么孤独。

他坐下来开始整理文件，这些文件像沙一样，填满了林白的五脏六腑，他耐着性子处理着白色的纸张，可是那些黑色的小字突然失控起来，它们跳了起来，手舞足蹈……林白揉了揉太阳穴，余光瞥到了电脑右下角的时间，那是一道 deadline，离下班只有两个小时，做不完这些工作，他就要加班了。

他经常加班，加班就只能点外卖吃，偶尔还要开会，开会时不能吃东西，他拿一些乱七八糟的食物搪塞着胃，他像一个经验不足的新手妈妈一样揉着胃安抚——"乖啦，乖啦，别吵，我忙完了就好好补偿你。"

到了提案季，林白几乎夜不归家，作为一个单身族，他根本没有拒绝加班的借口，老板总是拍着他的肩膀说："你还年轻，年轻就要拼，不拼不是白来这里一趟。"接着，老板会叼着烟呼朋引伴，对所有加班的员工施行"仁爱政策"——"我们去吃夜宵，我请客。"

夜宵，夜宵是什么？对别人来说，夜宵是一顿饕餮盛宴，可是对林白来说，那无疑是一道又一道的毒药，毫无节制地灌进他的胃里，他不敢拒绝，他不敢拒绝工作，也不敢拒绝老板的邀约，更不敢拒绝同事递过来的啤酒。

"我，我，我胃疼。"

"你怎么这么娘！胃疼不要紧的，回去休息一两天就好了。"

没有人关心林白的胃，他们夜夜笙歌，夜夜在暴风骤雨中没有节制的狂欢，林白终于相信，他是一个孤独无比的人，他需要一个女友。

他也曾经拥有过一个女友，可惜，就在同居的第二个月里，女友一声不吭地收拾行李离开，不，准确的用词应该是——"逃走"。女友受不了他胃里发出的咕噜咕噜的水声，"我听过男的打呼噜，但没听过男的肚子里有水声啊，我叫你去医院看，你又不去。"

"不是，去医院看也没法解决问题啊。"

"那你辞职吧，你老是加班，也没空陪我，现在身体也被拖垮了，你辞职吧。"

"不是，辞职也没法解决问题啊。"

林白将桌上的咖啡一饮而尽，似乎是为了宣泄内心的愤怒，他的目光再度回到那张难解的白纸上，离下班只有一个半小时了，林白的大脑内一片空白，他突然想起小时候看的动画片《机器猫》，大雄数学不好，小叮当就把数学资料印在面包上，大雄吃进去，什么知识都记下来了，林白想，要是他能把这些吃下去就好了。

他有些反胃，中午没有把该呕的东西呕出来，那团食物就一直卡在喉咙管内不上不下，吃、吃、吃、吃个屁啊，林白将文件砸在桌上，用手蒙住了脑袋。

完全陷入崩溃时，唯一的救生圈是手机，手机是另一片汪洋大海，林白没头没脑地扎了进去，对于自己会不会游泳这件事，他一直不是十分确定，可是现在，除了海以外，他还能去哪儿呢？

他在手机的讯息流中随波飘荡，天南地北的新闻从那个泄洪闸中一泻而出，某某国六级地震，某某地方工业污染，某某明星离婚，某某明星另找新欢，某某球队赢得了季度冠军，国家颁布某项重大举措……每一种都足够让他游上好一会儿，实在不行，他还可以跳入另外一个小池子里，那里泡着他朋友、亲戚、家人等的八卦……

可是人始终得从水里走到陆地上，我们又不是美人鱼，怎么能够一直活在水里呢？我们需要空气，没有空气我们会死的。

林白恨死了水，就是那些无法消化的水导致了他胃里出现咕咕的水声。

每一次从手机里拔出脑袋来，林白就觉得更加崩溃，他像个手足无措的裸体婴孩，恨不得哇哇大哭，可惜，他是一个成年人了，成年人怎么能哇哇大哭呢，成年人不在外人面前展现不当情绪几乎是具有共识的美德。

他只能假装什么都没有发生，只是胃疼罢了，他和每一个"关心"他的人解释，只是胃疼罢了，就是胃不大舒服，老咕咕响，小事情。

小事情吗？事情一点不小，已经在林白的大脑内产生了核爆反应，他一个人坐在空无一人的办公室中，伴着一盏幽光，玻璃窗外是另一栋耸入云端的大楼，过去，他是那么兴奋可以得到这样有尊严的工作，可如今，他只是觉得领带勒得太紧，喘不过气。

有数据显示，购物能够短暂麻痹大脑，带来兴奋的快感，即使对男人来说，也是一样。

买点什么吧？林白点开了一个购物网站，他唯一想买的是药。

那些平常的胃药一点也不管用，他知道自己要来点狠方子，对，他需要偏方，他抱着试试的心态输入了"胃病，偏方"，没想到真的弹出了一个窗口。

"亲，您好。"

"你好。"

这是一番闻所未闻的荒诞对话，谁也不敢相信，林白这样的人会相信网上的偏方，可是，就在那个困兽之笼里，林白抓住了这个救命稻草，他掏心掏肺地对大海另一头的人说出了自己的隐秘心事。

反正他不认识我，对吧？

"就是你懂吗？我感觉不到快乐，我没法集中精神，我看什么都不觉得好笑，别人看综艺节目哈哈大笑，我像个木乃伊一样没有感觉，我觉得自己就快死了，每天晚上我都睡不着，头发一大把一大把地掉，去看医生，医生开了一点药，吃了一阵子，也不是很管用，我在想，我是不是得了什么病，根本检查不出来……"

"我懂，我懂……你这是精神压力过大造成的，中医上讲肝主疏泄，你这是情绪伤肝，直接影响了脾胃的运作，《黄帝内经》说'胃不和则寐不安'，所以你失眠，晚上睡不好，我给你开个方子就好了。"

这样的人，在林白的生命力就是拔地而起的灯塔，不管黑的白的，他都打定主意，先朝这座灯塔驶去，毕竟，别的地方都是礁石，他再也不想触礁了。

"不过……"

"不过什么？"

"不过你要按照我给你开的办法服药，程序复杂，我会把步骤写在小纸条上，到时候你一定要照做。"

好好好，林白把头点得像庙里烧香拜佛的信徒，他一半的意识已经在焦虑中撞毁，现在，他已经是半个机器人了，最好有人来帮他驾驶这艘摇摆不定的船。

星期天的早晨，林白起了一个大早，准确来说，他根本没有睡着，他把深色的遮光窗帘拉开一条缝，彷徨地观察着室外——这是一个再普通不过的小区，周末的早晨，只有老人、狗、带孩子的家长出现在绿色的草坪上，而那些和他一样的年轻人则睡在一个又一个被窝做的坟墓里。

他在等人，等一个救赎他的人，那个人会把一个纸盒子递到他的手里说："先生，请签收。"那个从遥远的灯塔上漂洋过海而来的"礼物"很快就要到了，虽然他为此付出了昂贵的代价——半个月工资。

钱不是问题，只要钱能解决问题。

他将烟头摁死在烟灰缸里，门外响起一阵急促的敲门声，他打开门，看了看那个身穿红色外套的快递员。他小心翼翼地接过盒子，关上门，并用手边的裁纸刀撕开了包装塑封。

一个盒子套着一个盒子，一个盒子又套着一个盒子，他像进入了迷宫一般地拆解着这个根本没有尽头的盒子，足足拆了五分钟之后，那袋小小的灰色粉末才悄悄露了个脸，旁边还躺着一封信，不，准确来说，应该是一封服药指导书。

林白展开纸张，逐字逐句念起来。

"现在，请与过去的自己告别吧，这是一个全新的开始。首先，请确保你已经关闭了手机，对了，电脑也不要打开，最好把窗帘也拉上，如果房间里太暗，你可以点一根蜡烛，总之，最好不要使用电器，找一个舒服的地方，盘腿坐下来，安静冥想十分钟，然后把这包粉末倒进温水里，分三次服下，再找到床，躺四十九分钟……"

林白乖乖地照做了，有那么一个刹那，他怀疑这是一种自杀仪式，其中的步骤和自杀几乎完全一模一样。

他将灰色粉末倒在咖啡杯里，搅了搅，分了好几次喝下，这个东西当然不好喝，可是，他告诉自己，良药总是苦口。三分钟后，他脱掉衣服，躺到了床上——那个每晚让他睡不好的船上。

他闭上眼睛，开始漂流，梦里，船上的桨顺着双手滑进深海里，无数的尸体在大海中浮浮沉沉，那是其余的船只上的其余的人，他们在这里划过、爱过，最后，淹没⋯⋯

林白睁开了眼，仿佛有一只手掏空了他的胃，将那一大袋东西从他的五脏六腑中拽出来，他飞快地跑到盥洗台前，然后"哗啦啦"地呕出了一大堆东西——没写完的文件、同事的脸、老板给的绩效表格、女朋友的手提包、网友关于胃病的留言、老中医写的病历本、新闻网站上的地震消息、歹徒遗失的凶器、游戏网站花花绿绿的按钮⋯⋯

将所有东西都吐出来后，林白感到前所未有的爽快，简直可以用"重获新生"来形容。可是，他也就快乐了那么五分钟而已，接下来，他面对着眼前这些庞然大物，陷入了深深的忧思——"该怎么将这些东西再次咽下去呢？"

/ 别坐三十路公交好吗？

在后来的日子里，我反复向身边人复述那天发生的事，可是没有一个人相信我，他们共同的说法是——你中邪了。

因为没有人相信我，这件事便成了我的梦，我的私人记忆。我把它放在脑海的暗格中，一旦蒙尘，就拿出来反复擦拭，生怕一个不经意，整件事就如黑匣沉入时间的海底。

那天的事自清晨起开始就早有预示，本来晴朗的天突然聚起黑云，我没有带伞，独自站在公交车站等车。那一天是工作日，但车站的人并不多，人们像鹅卵石一样散乱地站着，谁也不想挨着谁，我占据了等车棚下小小的一隅，满心期待三十路公交车快点到站。

有时候你越想做成什么事，就越做不成，哪怕仅仅是想等一辆车。站牌上显示的车一个接着一个过去了，而我要等的那一辆仿佛半途失踪，迟迟不来，我有点火大，试图冲到前头，去拦截一辆出租车，但大雨瓢泼的天气，出租车更是个个矜贵，没有一辆没有坐人。

鹅卵石们开始挪动，并窃窃私语，不时有人表示，雨大，车不会来了，部分公交停驶，无可奈何的石头们选择了自己平时不常坐的那辆车。有人说，先随便坐一辆车吧，到了桥那边，再转车也好。

可是我只能坐这辆车。

三十路月票公交车，车体老迈，行动起来常常发出老年人喘气的声音，无论走得多早，总会被其他更先进的车甩在后头，可是只有这辆车抵达我的公司，其余的车，都到不了。

"你想等的车，不会来的。"

像是树丛里突然蹿出来的野猫，尽管身材矮小，毫无攻击力，仍然吓得我一跳一跳——说话的人是一个满头白发的老奶奶，拎着一个白色的帆布袋，眯眼望着我。

"您怎么晓得的？"

"你越想要，就越得不到。"老奶奶来回摇晃着头，耳朵里塞着耳机，好像在享受什么，她转过头来继续说，"怎么样，要不要听。"

在那一刻我已经完全确认了她是个疯婆子，或者说得轻一点，是从哪家跑出来的帕金森病患者。我稍稍挪动了一下自己的位置，试图离她更远一些，可是棚下挤满了人，再走一点，就会被挤到雨里。

"别跑了，你跑不脱的。"

我几乎怀疑这个疯老太婆的手里揣着一柄手枪，她的言语就是子弹，一枪一个，例无虚发，把我的心脏打成了一个漏洞的筛子。

这个车站所在的区位是一片待拆的老城区，车站边就是一座所谓的千年古刹，和其他许多地方的寺庙一样，真身早就在浩劫中被毁，如今人们看到的只是一个虚假的躯壳而已，但这仍抵挡不了四面八方过来朝圣的人。寺庙内香火鼎盛，寺庙外也不遑多让，算命的摊子一路铺开，盲人、布衣神相、茅山道士，什么门派路数都有。

也许，是哪里来的算命的神婆，我把半截身子献祭到雨里，试图离这个老女人远一些，她倒开朗，直接凑过来，将耳机塞到了我面前。我已经隐隐约约听到了耳机里飘出来的歌，和我手机音乐播放列表里最爱的那首一模一样。

要不是大雨的拦截，我应该早就跳上了一辆出租车，随便往哪里开，去哪里都好，就是不要留在这里。末了，又记恨起三十路公交车来，要不是这辆破车迟迟不来，我也不至于碰到这么个神经病。

埋怨与憎恨带有连锁反应。在一个月前，我刚从大城市返回故乡，尚未适应家乡的生活节奏，过去都是以地铁代步，如今只能坐公交，在满城挖坑的盛况里，来来回回，我只找到一辆合适的车，一家合适的公司。

回来后，母亲时常训斥我："为什么到了该结婚的年纪还不结婚，你这样左挑右拣，总有一天会被剩下来的，就跟等车一样，你以为你要等的好车在后头，其实前头的车早就载满乘客跑得很远了，你还在原地踏步。"她复又叉腰，以自己的亲身实践做例，盖棺定论——"我像你这么大的时候，已经把你生出来了。"

我跟母亲讲，这是固执，固执是我们的家庭遗传病。外公在死前的那段日子变成了一具半截身体埋在土中的古董，他食古不化，心中只有自己的故事，谁的话也听不进去。隔壁的老太婆曾经诡秘地附在我耳边说："他的胆坏了，听说顽固的人，心里容易长石头。"

"固执？你才固执，我好得很。"多年来，我的母亲一直固执地相信她自己好得很，即使她过得一点儿也不好。

"你啊，最大的毛病就是固执。我现在落到这个地步，都是因为你过去和现在的决定。"被我认定为疯子的老太婆又开始了诡秘的喋喋不休，让人希望她的嘴巴上装有拉链，只要拉上，她就能闭口不语。

我和老太婆站成了对角线，在我与她之间，只有一方积水造出来的水潭，我的影子倒影在里头，她的影子倒影也在里头，尽管身材有异，面目不同，在那一刻，通过雨水的不断冲刷，我与她，汇聚到了一起。

她终于直捣巢穴，说出了一句我最不想听到的话——"我就是你啊。"

后来的日子里，每当我把事情复述到这个环节，所有人都面带嘲笑地望着我，仿佛我在讲一个跳跃的鬼故事或者无厘头的科幻剧本，他们通常耸耸肩，反问我："你的智商是被狗吃了吗？这种鬼话你也信。"

我当然不会承认这个半路杀出的疯婆子正是我本人，可正是借由这种反思，我仔仔细细地打量了她一番，渐渐地，我觉得那个疯婆子处处都有点像我了，先是嘴唇上方、鼻孔下方的那颗痦子，位置一模一样，接着是面孔、双手、隔着较远的眼睛，包括拎帆布包时那个懒散的动作。

从五岁到二十五岁，我没一天不是站得东倒西歪，少女时含胸驼背，到老了则更显得佝偻，疯婆子的身体矮我一截，那一截恰好是驼背干的好事。

疯婆子将头发向后捋去，脚沾着地，却一直不安分地抖动，这些难以改变的笨动作同时汇聚到一个人身上，无时无刻不通向一个可怖的事实——我就是她，她就是我。

为了更认真地确定这一点，我把她的衬衫袖子卷了起来，她懒洋洋望着我，并不抵抗，手臂上最终浮现的那个疤痕将我打入河底。没错，就是她了，十岁的时候，我遭逢车祸，左手臂骨折，骨折的位置正是疯婆子留疤的地方。

我开始相信这个雨天将我送往了一个平行宇宙，二十五岁的我和六十五岁的我站在同一个站台等车，她跨过时间的深潭率先认出了我。毕竟，人要知道过去的自己是很容易的事，但，并没有一个人知道自己衰老后的样子。

我像每一个陷入奇幻剧本的主角，试图从未来的自己身上找出什么蛛丝马迹，可疯婆子半眯着眼，稳如泰山，再也不肯透露一句话。

"你只是来告诉我三十路不会来吗？没有别的事了吗？"语气上，我努力缓和了一下，面对这种瓢泼大雨，注定世事无解，无论她是疯子、算命大师，还是另一个时空的我，我都没必要对她凶里凶气。

"没有了啊，没有别的事了，而且，你的事我不好说，我只晓得我自己的事。"

"你自己的事是什么事?"

雨越下越大,毫无出路,老奶奶的话像雨点一样密密麻麻撒在我的心上,我听到了一个称不上故事的故事。

"三十岁的时候,我结婚了,被迫结的;三十一岁的时候,生了个孩子,女孩,六个手指;三十六岁时,老公借杠杆资金炒股,欠债一百万;四十岁的时候,爸爸得了重病……"

"停,我不想听了……"我无法承认这是自己接下来的命运,毕竟我一直很努力,这就好像你明知道自己是要死的,突然有人提前站出来,告诉你,你是怎么死的,这种感觉一点也不好。

早晨我起得很早,有多早呢,在闹钟响之前我就从床上弹起来了,我胸有成竹,自己一定不会迟到,在八点钟左右我一定会坐上三十路公交车,但是七点五十的时候,天突然黑了,车流行驶缓慢,等到到达车站时,已经是八点十分……

我努力掌控一点东西,但是什么也掌控不了,我蹲下来,用双手捂住脸,假装看不到天越来越黑,雨越来越大。过了几分钟,有人拍了拍我的肩膀,我还没来得及站起来,就被车驶入站的水花溅了一身,那些不干净的水像怪兽的血浆糊住了我的脸,等我抬起头来看时,才发现那辆停在我面前的车正是三十路。

我和每一天早晨一样,惯性走上了三十路车,唯一不同的是,这辆车上空无一人,只有三个位置上坐了人,中间的是我,前头是一个扎麻花辫的小女孩,而车的最后部,发动机的轰鸣让人最为难受的位置,坐着那个自称是"我"的疯老太婆。

/ 你不是脸大，你只是没有下巴

事实上就是，到了这个年纪，没什么是不可以失去的。

首先是头发，它们成群结队地出走；然后是胶原蛋白，一到了夜里就拔足狂奔；至于肠胃这种从小就爱捣乱的，八成已经开启自残模式。说真的，到了这个年纪，没什么是不可以失去的。

陈乌是从阿桂的眼神里看出自己的不堪的。白天，阿桂的眼乌漆嘛黑，但到了夜里，就格外透亮，仿佛月亮住了进去。陈乌晚上睡不着，就拨弄阿桂的眼皮，眼皮下的玻璃珠子就像照妖镜似的，让陈乌显了形。

透过"镜子"，陈乌发现自己的下巴不见了。他拼命把阿桂摇晃起来。"喂，喂，我下巴不见了，你看啊，怎么不见了呢？"阿桂斜睨了陈乌一眼，很快翻身打算继续睡。"大半夜的发什么鬼神经，"阿桂不耐烦地说，"你不上班我还要上班呢。"

到了这个年纪，没什么好大惊小怪的，就连有时候硬不起来这种事，已经不能刺激到陈乌的神经了，人老了嘛，老了就会这样，要接受这个急速变丑，快速揸捶的过程。

可是现在陈乌的确很慌，没有下巴他就不能算是一个完整的人，不完整就没有活下去的意义，伴随下巴的失踪，脸部的皮肤也如瀑布，哗啦一声漫下来，止也止不住，陈乌很快拧紧水龙头，那水声催得像有千万只马蹄踩在他胸口上。

他已经不算一个完整的人了，那么更不能表现得不正常，白天的时候，陈乌照例去公司上班，而夜里，他不再睡觉，他要去寻找他的下巴。

为了不至于多找借口，陈乌打算直接告诉阿桂，他要加班。他不高兴的时候就坐在公司加班，偶尔也出去喝两杯，不和任何人交谈，也不做出轨那种事，就是独自待上一会儿，阿桂有没有察觉他在撒谎，不是他考虑的事，反正，他守住了底线，其余的就靠自由发挥。

陈乌肚子不饿，就在公司里待得久了一些，一切暗哑下来，稍有风吹草动就能听得透彻。老板的屋子里发来那种肉体与肉体碰撞的声音，他知道那一切是什么，全公司都知道，老板和新来的前台有染。不知为何，这一次，陈乌格外想偷窥这香艳之事。

门没有全部合上，仿佛是为了引诱人前来观影，门特意撩开自己的裙摆，露出大腿根部，搔首弄姿。透过那条缝，陈乌发现老板正在和女人接吻，老板的唇像填过膨化剂般，随着五官的扭曲，被撑得老大，那唇，覆盖了女人的樱桃小嘴，仿佛在海里，有鲨鱼鲸吞了意外游过的小鱼，女人发出声嘶力竭的嘤咛，像后辈对前辈的取悦，也像对权力阶级的谄媚，听得陈乌脸红心慌。

当女人终于将自己的嘴从老板马桶塞一样的大嘴中拔出来时，陈乌看到了惊奇的一幕。老板肥厚的，没有任何形状的下巴突然变成了V字形，整个五官也受到了隆重招待，嘴巴把脸皮、鼻子、眼睛朝上驱赶。在那个瞬间，不超过五秒钟的时间，老板变成了一个棱角分明的少年人，而那个年轻的女人则吞掉了老板多年来所积累的脂肪，变成了一个没有下巴的臃肿小丑。

手机屏幕陡然一亮，吓得陈乌回魂，是阿桂。阿桂没有催他回家，催人回家是年轻人爱做的事，陈乌想，阿桂巴不得他死了，死在外头最好，反正彼此可压榨的价值已所剩无几。阿桂发来的信息透亮，透亮，是一条微信公众号的内容，标题是"45岁男人，一定要懂得的45个人生道理。"

前几天的时候，阿桂和她那些上了年纪的闺蜜去美容院，回来后就快快不乐，长吁短叹。阿桂讲，自从跟了陈乌后，她本本分分，尽职尽责，对这个家付出了一切，然后呢，然后自己变成了个黄脸婆，而那个上学时还没阿桂好看的闺蜜，自从嫁了有钱人后，脸上的颜色倒是比黄瘦黄瘦的少女时期好看多了。

走到大街上，更添荒凉，陈乌的目光总是聚焦于一处。他年轻时和所有男人一样，爱看胸，爱看腿，后来就看不动了，看到最后连生理反应都失去了，他现在喜欢看下巴，看看别人的下巴是不是还在。

都在，圆的、方的、尖的，每个人都有下巴，长得好看不好看是另一码事，有就行了，陈乌就这样自投罗网地走入了浮动的火锅汤色的夜市之中。夏天的夜晚，燥热难挡，男人都打着赤膊，只有他，穿着西装，打着领带，像另一个星球移民来的。陈乌一把扯掉了领带，他前女友曾讲过，男人扯领带时，露出喉结和下巴，线条性感，陈乌的唇角浮起一丝笑，前女友什么的，过去式了，十几年前的事了。

夜市与夜市之间有一段窄小的马路，由于两边的摊主各不相让，车与行人就委屈地挤在了一起，陈乌走的时候要接二连三地说对不起，开车的人总是很凶，他总是习惯先道歉，就这样垂头丧气地走着，陡然被一堵墙壁弹了回来。

他抬眸，撞上那人的目光，来者的眼瞪得更大。是你啊，是你啊。那个铜墙铁壁的人是陈乌初中时的同桌罗方林，初中毕业后，罗方林从小混混变成了大混混，大部分同学都不和他来往了。陈乌看了看罗方林，想哭又想笑，罗方林啊，有下巴的，波浪形的下巴呀。

罗方林不仅有下巴，还精心修饰了胡子，他本就比陈乌高，这下倒像商户里每家每户要供奉的关公，只欠一柄青龙偃月刀。罗方林招呼陈乌坐下来，满上一杯啤酒，豪爽地说："干啊，老同学，干了啊。"

白色的啤酒沿着杯壁一路滑落，陈鸟拿起杯子，尝了尝，笑了笑。"我干了啊，你随意。"罗方林自顾自地喝起来，像酒已过三巡，说的都是胡话，什么自己的下巴被人砍了啊，什么头上缝了几十针了，什么胸前有几个洞啦……

陈鸟想，莫非真的要学罗方林，脱掉这束人的衬衣，扯掉领带，再浮上一大白，然后手里拿着刀子，去街上砍人，在这样非正常的峥嵘岁月中，下巴才会像个虔诚的粉丝，一动不动地守在他唇翼下方？

"罗方林，我……喝喝喝，喝喝喝……罗方林，我问你，要是你有东西丢了怎么办？"

罗方林寸头，喝酒上脸，看起来就像煮熟的萝卜，火红的萝卜一开一合，酒气弥漫的句子就自己滚了出来——"我啊，我没什么可丢的，丢了，就捡起来。"

"要是找不到了怎么办？"

"找不到，找不到了就去抢别人的。"

"不敢抢怎么办？"

"不敢抢，我帮你抢！"

"你到底丢了什么东西啊？"

陈鸟摇摇头，默默喝酒，罗方林也喝，喝着喝着，罗方林先倒了下去，陈鸟找老板结了账，起身，就走了。他不知道自己要去哪儿，去哪儿都一样。

丢了下巴，却长起了肚子，俗称啤酒肚，好像有人对着肚脐眼的口偷偷吹了口气，肚子就越鼓越大，陈鸟飘飘然，像个快要上天的氢气球，借着一点酒劲，他打算把下巴从别人手里抢过来。

目标踩着树影，一步一步地追走来，来者是两个人，光看轮廓就知道他们有曲线分明的下巴。陈鸟隐匿在树影间，寻思伺机而动。

男下巴和女下巴像是散步回来的热恋情侣，到了女孩家楼下，男孩依依不舍，大手一把揽过女孩的下巴，顺着嘴唇，脖子，一路吻了下去，女孩欲拒还迎，羞赧中又带着欣喜。男孩的下巴像陡峭的戈壁，因吻得激动而愈加有轮廓，荷尔蒙像石头垒得下巴高高昂起。

陈乌咽下口水，摸了摸自己的下巴，那里空空如也，他再下一寸，脖子也不甚分明，下巴在离开的时候将脖子也拐带了去，远远望去，就是个头堆在肩膀上。

抢？还是不抢？

抢？是不是抢得回来？

仅剩的道德感将陈乌拽离了可能的案发现场，他一路踩着星光，踏着月影，回到了家中。家里一片漆黑，宛如空匣，阿桂像珍珠，蜷在房间一角，呼吸起伏，鼾声一声追一声。

床头柜旁，廉价的宣传单页四仰八叉地躺着，偶有夜风将单页阵阵卷起，借着稀薄的月光，陈乌阅读了所有的文字——"重返青春，迅速摆脱双下巴，轻松拥有完美下巴曲线！现火热预约中……"

狗屁，陈乌将美容院的宣传单撕得粉碎，借着最后一点酒劲，将碎片掷入垃圾箱中，他累得只想躺下来，躺在阿桂留给他睡觉的那块空地上，无论如何，阿桂并没有嫌弃他，不是吗？没下巴也不会死啊？

陈乌躺下来，回味着方才少男少女的那个吻，他也有过那个时光，那时，阿桂也拥有一个玉一般光滑的脖子，他驱使自己沉下身子，浅浅贴上阿桂的唇，可一点也不甜，一点也不心动，就像亲到了自己的手，像一整片干枯苍老的树将人环住，他失望地离开了阿桂的唇，用最后一点力气挣脱了结发妻子。

"阿桂，我下巴丢了啊，阿桂。"反正是听不到，索性祖露心声。

"没有，没有丢，反正我也没有下巴。"没有下巴的阿桂突然坐起来，拍拍陈乌的肩膀，"你终于发现自己的下巴丢了吗？"

　　陈乌看了一眼阿桂，益发难过起来，他难过的不是阿桂的下巴丢了，而是阿桂的下巴不见了，他竟然没有发现。

　　陈乌双手捧着脸，遮着眼，试图避开残忍月光下反射的一切，而阿桂只是轻轻地走到窗边，招招手，"来啊，来啊，给你看个东西。"

　　陈乌没有抬头，但好奇心已经张开了双臂，手指像密林，隔在陈乌与阿桂之间，透过那扇帘幕，陈乌看到那个洞开的黑匣中有一个棱角分明的下巴，那个他一直寻寻觅觅的下巴。

/ 那年夏天杀我的鱼

那条鱼已经整整追杀了他二十年。

他一直记得那条鱼的样子，肿胀的眼，闪光的鳞，狭小的唇，他一刀拍晕了它，忍住恶心，开始剔鳞，后来的过程渐渐忘了，唯有鱼的腥气阴魂不散，终年缠绕。

可是现在，他在地铁里，这里没有海洋，没有江河，没有池塘，没有鱼类可生存之处，一定是哪个该死的外乡人偷偷带了进来。他环顾四周，一点余地也没有，人和人，肉与肉，隔着衣裳撞在一起，活像渔网里的鱼，再也没有自由游戏的空间。

前天夜里，他的老父在电话里用含糊不清的家乡话叮嘱他，中秋节务必回家，家里的鱼长好了，给他做鱼吃。像一场需要争个输赢的接力赛，父亲说完话后将听筒转移给了母亲，母亲开始念叨要带个媳妇回来，带回来一起吃鱼。他想反驳，但话卡在喉咙里，像一根尖锐的鱼刺。

不能自投罗网，他打定了主意便不再吃鱼，某种程度上来说，鱼算他的同类，人不吃人肉，他不吃鱼肉，为此，他和新交的女友发生过激烈的争执。在那间飘满香气的餐厅里，到处都是鱼类被烹制，撒上辣椒、孜然等佐料后留下的味道，女孩眼珠子转了两转，笃定道："这些餐厅都喜欢用佐料来掩饰鱼本身的不新鲜，我不喜欢吃这种鱼，你给我做吧，你不是说你厨艺不错？"

他厨艺的确不错，烹炒蒸煮，样样精通，但唯独对杀鱼、做鱼束手无策，见他露出怯意，女孩更步步紧逼，"做条鱼而已嘛，要了你的命吗？"他低垂着头，忽觉脚下奇痒难耐，脚背上如有毛茸茸的东西拂过，当他欠身，仔细探查敏感来源后，悚然一惊，这个可能成为他长期恋人或妻子的女孩长有巨大的鱼尾，尾巴正在来回摆动。

这是他第一次觉得鱼来复仇了，以女人身份，诱惑他成为她的男友或丈夫，等他丧失警惕时，便将他残杀在床上，于是他站起来，对这个追了三个月余才到手的女孩道："吃完这顿饭，我们就分手吧。"

"神经病！"女孩拿上包，夺门而出，他猜想，在未来的一个月内，女孩将会编出一个具有高转发量的故事，譬如，标题可拟为："追了我三个月的男人竟然为了一条鱼和我分手。"而不知情又擅长阴谋论的人会将整件事视为某部电影的前期操作，世上没人会相信这些猎奇之事，但他们热衷讨论这些事。

他在地铁里左顾右盼，将自己收敛成为一条灵活的鱼，去追捕腥气来源，找了一个车厢后，他终于在角落处寻到了那个人，那个装备齐全的垂钓者——手持鱼竿、渔网和一只空桶，桶里空空如也。

鱼去了哪儿？他怀疑，鱼是垂钓者的武器，像一群训练有素的猎犬或信鸽，一旦主人发号施令，那些没有自我意识的动物就倾巢出动，执行任务。父亲的话也再度响起来，"一定要把鱼照顾好，不要让他们到处乱跑，不然钓了半天就白钓了。"

多年前，他曾怜悯鱼的身世，于是偷偷将鱼放归水中，但这一幕不幸被父亲撞见，威严的渔夫将那条鱼从活水中再度捞出，甩在砧板上，"把鱼放走了，我们吃什么？"为了进一步让他感到尴尬，渔夫将刀交付在他手中，叮嘱他杀鱼的步骤，"杀鱼而已，又不是要你杀人。"

自那日的血腥手术后，他主动请命远离杀鱼、捕鱼之事，去做一些更简单的活计——制作捕鱼网和渔筒。捕鱼网多以黄麻、苎麻等编织而成，使用荔枝、龙眼树作染料，如果是棉纱织则用桐油、煤焦油作染料，"你爷爷当年就是这样做的。"但很快，所有人都改用化纤材料，那些老旧的网子经海水浸泡后，容易腐烂。制作渔网变成了一种象征性的手工劳动，后来，所有的地方都开始使用机械起网机拖网，没人手工做这个玩意儿了，他因此"失业"。

当然，并没有人允许他废在家里，尤其是炎热的夏季，鱼档里生意繁忙，他像一个不甘被征调的士兵，拖着沉重的躯体来到档前，用来以备不时之需，当他的父亲去杀鱼，母亲去与客人交谈时，他则负责收账，一一核对价格。"这你总会吧？"父亲看他的眼神时常带有轻蔑，"你虽然会读书，但是不怎么会做事，哎，你们这一代的年轻人都这样。"他不答话，只是看着一条条的鱼在水缸里苟延残喘——鱼到底知不知道自己最终的命运是被宰来吃？

他的座位与鱼缸一步之隔，那些鱼，或大或小，或长着厚厚的腮，或长着鼓胀的眼，外形各异，但殊途同归，来的客人总是要精心挑选一番，哪条肉厚，哪条刺少。在收钱之际，他总是以余光注视缸内动静，这些鱼来到这里之前就已经失去了自由，失去生命是早晚的事。

地铁的车程才过半，他还要与成千上万的人共享这一份腥气，为了逼自己冷静，他开始漫无目的地刷网页，哪怕因信号不佳，网页长时间逗留在那一个页面。那个页面如一个房间，开门迎客，巨大的标题像个招摇的霓虹招牌——"长江流域鲟鱼逃逸事件"。

"伴随一场大洪水，这个夏天，近万吨人工网箱养殖的鲟鱼被冲散至长江中下游水域，或逃逸，或死亡。逃逸的鲟鱼群包括西伯利亚鲟、史氏鲟、达乌尔鳇等外来鲟鱼，还有杂交鲟，种类繁多。"

他突然意识到，父亲的话或许是一桩彻头彻尾的谎言，他家就是当地的养殖大户，已在那个水域网箱养殖鲟鱼十余年，但下一秒，他又为那些鱼感到高兴，无论是逃逸还是死亡，总比葬身人腹要强，没得选才是最惨的事。

今年夏季以来，洪水在多地肆虐，他所在的这座巨型都市，也常遭暴雨淹没，城市的地下排水系统无法消化汹涌不竭的雨，他时时觉得自己要从自立行走的人退化为长有尾巴的鱼，超市的雨衣、雨具总是瞬间销空，就连皮划艇都有人买。就在他沉浸在自己思绪中时，周围有人小声议论道："听说三号线地铁走不了了，地铁站被水淹了。"

他将在三号线换乘地铁去市中心商务区上班，如果地铁被淹了，他就要步行到地面去拦车，可是下雨天，通常是拦不到车的。上班的人群焦虑起来，空气中的腥味因湿气的加重而更趋明显，那个拿着钓具的老者还是垂着头，临危不乱，他当然也没什么好紧张，只有时间闲得无处用的人才会爱上钓鱼。

他好奇老者会在哪站下车，在他之前还是之后，最好是之前，那腥味好像一条长钩，已经直穿入他的胸腔，快要把胃连根拔起。他一步一步，艰难挪动着，想方设法离垂钓者远一些，可那老头也跟他动了一动，两个人就这样，保持默契地一同涌到车门处。

腥味加重，他恶心欲呕，那是从很久以来就有的过敏反应，他恶心的不仅仅是那种味道，还有父亲强加在他身上的种种控制欲——强迫他像祖祖辈辈那样拥有捕鱼的技能，强迫他为了生存而杀鱼……

幸好，他在这个城市穿梭自如，他就要下车了，马上，他就可以换乘另一部列车到那个窗明几净的办公室去。他的公司在市中心某座大楼的 21 层，从落地玻璃窗可以俯瞰整座城市的美景，每当他边喝咖啡边贪婪掠取窗外景致时，他都感到自己无比自由，像一条成功逃离的鱼。

地铁渐渐驶入月台，他拿紧包，昂起头，像所有志得意满的奋斗者一样，冲杀出去。可当他脚踩下去时，一切都变了，那不是坚实的地面，而是冰凉的水，地铁内犹如一个巨大的水族馆，所有如他一样的上班族都秩序井然地游着泳。

"那就是逃离的鱼吧……"他一跃入水，和所有的同类一样，激流勇进，哪怕暴雨压城，他在心中认定自己就是那群宁死不屈的长江鲟鱼，即使会破坏了另一个地方的生态环境，即使会在中途就搁浅死去，也要趁洪水来临的契机拼死一搏。

可是他渐渐觉得有些力不从心，有什么卡住了他，勾住了他，他的四肢并不能灵活地运动，他再也不能轻快地向前行进，哪怕一步。他扭过头，到处检查是哪个环节发生了差错，最后，他在自己的身上找到了一个铁制的金属物体，一个他再熟悉不过的东西。

那是一枚鱼钩，他父亲常用的那枚。

/岁月贩卖机

这是一个走投无路的夜晚。

大雨封门，堵住了去路，他站在街边小店的檐下，等雨停。雨迟迟不停，天像漏了一个洞，不断有泪涌出。

天色渐晚，街边的小店陆续关门，卷闸门的声音像一道道拉链，将他的思绪锁死。他点燃烟，抽起来，没人看得清他的神色，他也看不清路人的神色。

对面街的小巷是有名的红灯区，灯光一点一点漏出来，艳得灼人。这样的夜晚，只有二十四小时便利店、红灯区、成人用品店、药房还尚有余温，连平素热闹的大排档都空无一人。

他蹲在地上，身体微微后倾，突然触碰到一个坚硬的机器，机器得到人的响应，迅速从灰烬处破土重生，宛如有了生命般亮起来。微黄的暖光熏得人头昏脑涨，他抬眸撞上一行字——"少女贩卖机"。

这五个字让他顿时想起了儿时读过的聊斋故事——公子与狐仙。如果投币进去，会不会半路杀出来一个轻纱薄裳的少女？他立刻掐灭烟头，顺路将脑内不切实际的幻想摁死在褓褓中。对于这种不明来路的艳遇，他从来不信，在成吨的生存困境面前，他不便对任何人动心，他已经不年轻了。

如果对面街的流莺此时踏着碎步出来买烟，一定会被眼前的一幕惊呆——衣衫褴褛的男人蹲在地上，脑袋上套着一个四方形的纸盒，纸盒上有两个空荡荡的黑洞，活像恐怖电影里走出来的怪物。

他是一个卖梦为生的人，他的产品是充气娃娃。每天早晨，他从公司出发，去往城市的各个角落，为内心肿胀且灰败的男人送出一丝慰藉，紧接着，寻找下一个客户，完成规定的任务量才可以返回公司。

尽管他很努力，但按时完成任务却是一桩难事，他经手的客户奇形怪状，有寂寞的已婚男子，有终年找不到女友的死宅，也有道貌岸然的大学老师，他们所有人的共同点就是挑剔，尤其是对自己定制的充气娃娃。

十个小时以前，他给一位大学教授送去定制的充气娃娃，满心欢喜等待收账，毕竟，他所有的薪水都是靠提成累起来的，而那个须发斑白的男子从箱子里拿出娃娃后就板起了脸。

"不是充气娃娃吗？这是谁啊？没有灵魂的塑料壳？你们是不是骗子公司，我给了那么多钱，为什么出来的东西是这样？。"

"是啊，您预订的编号714，哦，不，你预订的绘子就是这样的啊，她仿真程度极高，尤其是眼部，是经国际整容专家与知名人体科学家共同打造的，我们使用了最好的仿真材料，您只要使用过，一定会感受得到我们的诚意。"

教授半信半疑地瞪着他，似乎想从他身上找出绘子失落的眼睛，而他心里已经分裂出了另一个声音——老不死的死变态，要求真高，既然是买充气娃娃，哪儿来真人那么灵活的样子。

"你们必须赔偿我的损失。"教授将盒子扔到他面前，"你看着办吧！"斑驳墙壁上的分针与秒针开始凌迟他的神经，他已经有三个月没有完成业绩指标了，尽管每个充气娃娃都价值不菲，但，以他微薄的薪水而言，一个月的工资还不够买一个娃娃。

"您说怎么解决吧？我们真的尽力了。"他垂首，静待羞辱，以为教授又有什么喋喋不休的说辞，而这一次，年迈的男人采取了武力手段——"我觉得你看起来真的很烦，你可不可以把纸盒子套在头上滚出去，至于投诉不投诉，看我心情。"

他已经忘记自己是如何离开教授家的了，出门的只是那个被称为"小林"的空壳而已，而他的灵魂、尊严，所有的一切，还留在教授的屋子里。

雨越下越大，似乎在回应着他内心的屈辱与愤怒。他把纸盒从头上移开，认真地研究起了那台少女贩卖机，机器的整体设计堪称简陋，最外层的油漆已有明显的脱落，唯有窗口处整洁如新，供选择的窗口只有编号与价格，连说明也没有。

最贵的那一栏，价位是他一个月的工资，而最便宜的那一栏，才十块钱，他笑了，在这一刻，他非常需要一个少女，哪怕付出一切代价，只要有一个雪白的，拥有清澈眸子的少女站在他面前，他就完成了对那个教授的挑衅，可以将老男人的尊严重重踩在脚下。

这是他人生中唯一一次，也是最后一次冲动购物，他付了钱，满怀憧憬地望着窗口，这样价格不菲的少女会是怎样的女人？会是他小时候从老港片里看到的清纯少女吗？他将多个当红女星的五官在心中打乱重组，排列一通，然后继续观察着机器的动静。

出货口的红灯终于亮到了第三次，一个蜷缩的女人滚了出来，衣着鲜亮。

他把她抱了出来。

"你好。"他满心期待地看。

"你好。"一个苍老的声音毁灭了他所有期待。

"不是少女贩卖机吗？你是谁啊？老奶奶？你们是不是骗子公司，我刚才给了那么多钱，为什么出来的是你？"他望着眼前双鬓斑白，脸皱成丑橘的老妪，气得想哭。

"是我。"老奶奶睁开双眼，眉目间依稀有年轻时的神韵，她虽然老了，但年轻时一定是个美人，她望了望他，掩住嘴唇笑了，那笑容里充斥着一种激怒他的催化剂。

"对啊，这是少女贩卖机，但并没有告诉你贩卖哪种少女，我虽然老了，可是拥有一颗少女心，你看我身上穿的这套洋装，是我四十年前从巴黎买回来的，我很热衷于打扮自己，比很多年轻人强。"

他颓然坐在地上，感到冰冷的雨水混着杂物倒流进他的裤管里，这不是这个世界的法则啊，在他短暂的销售员生涯里，所有的一切都指向一个教条——金钱等于一切，没有什么是钱买不来的。

花白头发的老妪拿起一把伞放到了他的头顶，苍老的声音响起来："这不就跟生孩子一样吗？你花了很多办法，吃了很多药，做了很多胎教，想生个天才出来，可是生出来的孩子既不好看，也不聪明，难道你就不要他了吗？你也付出了很大的代价呢。活着就是这样，往往事与愿违。"

他拒绝现实，今夜，他不归家，闯入雨中，就是为了与现实世界一刀两断，所以他错上贼船，信了这个一看就是伪劣产品的少女贩卖机，他又一次栽进了蒲松龄的狐仙故事，拔也拔不出来。

"把钱还给我，你走。"他在口袋里摸出了一柄水果刀，这夜很离奇，他已不打算回家，如果老妇人不打算还钱，他就抢劫，多么可笑，抢回本就属于自己的血汗钱。

"说说你的事吧。"老妇人面色不改，岁月给了她足够底气。他把刀收起来，意识到了自己的愚蠢，为何上来就要动刀动枪呢？为何不是低头就是杀人呢？在教授家里时，他就该和盘托出自己的悲惨故事。

"说真的，我这个月已经交不起房租了，女朋友上个月跟别人跑了，我妈妈股票亏空，天天闹着要跳楼，今天我去给一个客户送货，客户让我赔钱，如果真的要赔，我今年一年都白干了。"他像复读机一样吐出这座城市底层每个人都会经历一遍的逼仄往事，希望这半路杀出的老女人能行行好放他一条生路。

"然后呢？"

"能有什么然后？我求你了，老奶奶，把钱还给我，我不要少女了，我什么都不要，我没有梦想，没有欲望，什么都没有，我想回家。"

声音落在"回家"二字上时，陡然吓了自己一跳，哪有什么像样的家可回啊，他的哥哥，那个喜欢寻花问柳的败类，每天都扯着他的衣领问有没有免费的充气娃娃可送，那声音不断回荡在他耳边，"你们公司不是卖充气娃娃的吗？现在市场行情不是很好吗？你随便顺一个回来给我怎么了？"

他想哭，但天的眼泪更多，如果哭出来，旁人也会误认为雨水或汗水，他拉住老妇人的袖子做出低泣的样子说，"求求你，求求你。"

老妇人面不改色，只是把自己树干一样干枯的手伸出来，"现在好像是你要给我钱，我当了这么半天的树洞，是要收费的，我年纪很大了，每一分每一秒都很宝贵。"

站在悬崖上的他，被老妇人的话一推，立刻坠入了万丈深渊之中，这个世界本来就没有任何道理可言，就像这雨灾，没有任何征兆。

早知道他就去对面的那条街里买醉了，至少是明码标价，以他刚才所付出的钱财来看，应该可以买到一个容貌姣好的妓女的一夜，这比相信突如其来的艳遇要踏实许多，或许，人只能按部就班地活一辈子，不应该有任何超出可能范围的期待，比如中彩票，比如从天而降的妙龄少女。

他转身欲走，打算回那个不堪的家，第二天早晨起来，又是陈旧的一天，天会放晴，但也会再度落雨，他只是蝼蚁而已，主宰不了命。

"你等等。"少女甜腻腻的声音从老妇人的体内破腔而出，紧接着，仿佛魔术表演一般，老奶奶从头顶拉开拉链，卸掉了布满皱纹的苍老躯壳，而款款而出的竟然一个明眸善睐的少女。

"你应该多一点耐心的。"那少女眨着黑色的大眼睛说，"我只是想试试人们的耐心。"

他轻笑，但并没有得意忘形，就在那个刹那，云收雨霁，天光乍亮，好像真的有什么好消息降落在他的头顶，但这一次，他做了一个新的决定——他走过去，拥抱了少女，紧接着，缓缓蹲下来，握住了人皮上的拉链，从脚底拉到了头顶。

"我们走吧。"他笑了笑说。

/兴趣小组

汤小组的妈妈后来逢人便说："千万不要带儿子去菜市场。"

那一年，黄河水倒灌，大雨下垮了整座城，满市的人都光着身子裸奔，隔壁的牛奶厂变成动物乐园，而汤小组家已三月不知肉味。

在拿到粮食券后，汤小组的妈妈拉着他走进了菜市场，肉档前人头汹涌，苍蝇都挤不进去，但汤小组不是普通人，他功力了得，从肉与肉的缝隙中劈开一扇门，一跃而上，跳到了老板砧板上。

老板说："肉卖完了，明天再来。"汤小组说："不干，这边上不是还有肉吗？"老板说："你看那章子，不对，这肉质检不达标，没法吃，吃了会闹出人命。"汤小组说："哦。"悻悻退下。

事实上，汤小组只是退出了猪肉老板的视线，但仍旧没有逃出菜市场，他躲在腥臭的鱼档夹缝中，目不转睛地观察着老板的一举一动，常常一呆一整天。

半个月后，他终于闹明白了整件事，原来这老板经常"以好充次"，为的不过是给自己的情妇留一些肉，那些坏肉上的章都是老板自己加上去的。汤小组一个鲤鱼打挺，滚出了菜市场地界，他得出了一个不好不坏的结论——"会盖章的人有本事，起码有肉吃，再不济，还能给女人肉吃。"

从那一天起，他坚定了自己的人生走向——当个屠夫。不为杀生，只为盖章。

如果有人慷慨地统计汤小组这一生，一定会发现"我给你盖个章"这句话出现的频率远多于"你好"或者"你吃饭了吗？"

而对于汤小组的妈来说，"兴趣不能当饭吃"则是一句比米粒还多的万用金句，在日复一日的早中晚餐上，她都要包着满口粮食教训面前的爷儿俩，直到她的丈夫和儿子败掉胃口，愤然离席。

从来没有一个人敢反问一句"兴趣为什么就不能当饭吃"，即使这句话在汤小组的心中过了一百遍，他也没说出来顶撞他妈，因为他爸常说："你妈不容易。"

在外人看来，汤小组一家简直称得上模范家庭，因为夫妻之间从不吵架，而父母也从不责骂或打孩子，他们解决问题的方式不是骂"你太过分了"或者"你有病吧"，而是说——"你去跳几支舞吧"、"你去盖几个章吧"、"你去修几只表吧"。

无论多么扫兴的天气，只要可以跳舞，哪怕是在漏雨的停车场中原地转圈五分钟，汤小组的妈也会立刻恢复和颜悦色，而每一年的暑假，汤小组总会在自己的大腿和胳膊上盖满章，有些是方形的、有些是圆形的，而有些简直像流动的水墨画，远看如刻上去的刺青。

高中毕业时，汤小组遭受了人生第一次重大打击，他费尽心机追求的女孩将她邀到空无一人的排练房里，抱着他的头说："你喜欢我什么？"汤小组说："我给你盖个章吧。"女孩用膝盖踢了汤小组三下，愤然离去。

回家后，汤小组的妈照旧说："兴趣不能当饭吃。"说完，她就出去跳舞了，这是她排遣郁闷的唯一方式，而汤小组将自己关进卧室，闭门三天三夜不出，滴水不进。

出来后，汤小组便决定报考金融专业，未来成为一名银行柜员，毕竟，他不能真的冲进菜市场里当屠夫，再说，早在十五岁时他就弄明白了，给猪盖章最多的人不是屠夫，是质检员。

意气风发的汤小组终于在大学毕业后进了一所颇有名气的大银行，从柜员做起，开始了他的金融之路。他做事认真，特别是盖章的时候，简直像武生附体，有雷霆万钧之势，而坐在他对面的顾客通常都折服在这种敬业精神下，不得不胆战心惊地按下那个"我给你五分"的奖励按钮。

　　由于做事认真，汤小组迎来了职业生涯的第一次高升，他的领导皮特何打算提拔他，他说不行，他得回去想想，皮特何把烟掐灭在地上，用鞋碾出一地灰，心中暗道，没见过这么不开眼的。

　　回到家时，家中空无一人，汤小组蹑手蹑脚地上了腰都伸不直的阁楼，而他的爸爸则驼着背在里头修表，那表看起来成色旧、廉价，连摸的价值都没有，更别提戴了，但就为了这些破表，他爸从一米八缩水成了一米五。

　　简直是个傻，后面那个字他没敢说出来，或许，这暗无天日的一大家子都觉得彼此无甚出息——一个连广场舞都学不会的舞娘、一个只知道盖戳的脑残少年、一个修表怪匠。

　　他们根本没法好好在这世上生活，没有标签和荣誉，只有漫无边界地自娱自乐。

　　汤小组轻轻地拉上门，没有惊动他的父亲，而他轻手轻脚地穿过走廊时，又从厨房门的缝隙中瞥到他妈一手端着锅，一脚蹬到桌上，肉在锅里滚着，腿在桌上压着，那种光景恍惚像走到了学校的排练舞房，而他的母亲腰身再细一些就能当领舞了。

　　汤小组离开银行后去了一个小公司当会计，有时盖章，有时做报表，有时沉默，而黑夜来临时，浇灌他的不是啤酒，而是地下城。

　　这里的道路伤痕累累，砖瓦都上了年纪，沿路没有街灯做眼，人们从四面八方偷摸游过来。

　　如果你摸黑走进去，率先看到的便是一条巨大的猩红横幅，横幅上龙飞凤舞着一行大字——"兴趣可以当饭吃"。汤小组第一次来时就觉得他来对了地方！

这里是兴趣小组，一个地下非法组织，人们聚在一起讨论自己的兴趣爱好，每晚抽一个小时进行表演。那舞台仅有六个平方米那么大，每当暮色四沉时，红色的帷幕随夕阳一道落下，诗人开始朗诵乏人问津的诗篇，跛足的舞蹈演员跳起自编的舞台剧，而汤小组就怀揣着一堆花花绿绿的章子，等待表演花式盖章。

为了真正表达"兴趣可以当饭吃"的概念，一旦表演结束，组织者会立刻将所有舞台撤走，搬上几张巨大的八仙桌，人们自觉地找到位置，坐下，扒两口饭，即使菜再难以下咽，他们也一声不吭地吃完。

汤小组明白，路是自己选的，哪怕玩得一身脏泥，也还要继续下去。他本来以为这条路没有尽头，他将始终踽踽独行，享受孤寂的快感，可一个外来者的闯入砸烂了他二十多年来信奉的所有信念。

外来者叫"泼猴"，戴着面具，形色诡谲。刚来的时候，他只是大声朗诵自己写的诗，念完后，全场掌声雷动，原先的老诗人第一次明白过去的掌声只是朋友间的虚伪赞美，这次才是真的，是人们发自内心的褒扬。

接着，"泼猴"又花三十分钟跳了一支现代舞，舞姿优美，基本功扎实，灵气毕现，现场哗然，所有人的情绪在一夕之间溃塌，他们起初认为"泼猴"是天才，后来才发现，这是一种无意识的嘲弄，别人勾勾手指，他们的世界便江山变色，而他们努力了这么久，才不过是刚跨出一小步。

他们赌上整个人生，却赔得倾家荡产。

汤小组咽了咽口水，强迫自己镇定，他举着自己心爱的章子走向舞台，对"泼猴"发起宣战，"泼猴"微微欠身，鞠了一躬，所有人的视线在刹那凝聚到汤小组的身上。他首先表演的是"极速盖章"，这方面他信心十足，在五分钟内，他盖了784次，他拭了拭额头的汗，心满意足，这已经是他的极限。

"泼猴"风轻云淡地走上去，因为面具遮住了一切，人们看不透他的表情，五分钟时间很快过去，评委颤抖地统计完数据，主持人声音已经有些哽咽——"泼猴获胜，他一共盖了1032个章。"

汤小组全部的人生就这么四分五裂地散架，身首异处，他的生与死，欲望与努力，如今全都付之一炬，他本也不想争个高下，但求偷偷摸摸地过完这辈子，却没想到，羞辱来得猝不及防。

"泼猴"走的时候在汤小组手腕上盖了一个章，猩红色的暗号瞬间刺瞎了他的双目——"Peter.He"，皮特何，何皮特，那只泼猴！他突然顿悟，但泼猴早就消失得无影无踪。

与其说是解散，不如说是不欢而散，兴趣小组在一夜之间从这个城市中蒸发。

有时，汤小组会约还有联系的人过来喝喝酒，闲聊一番。他的会计工作过了试用期，盖章的事情交给了新人，他发现，偶尔停下来做做别的事也不错，不至于如上次一般承受一无所有的挫败。

一个月后，人们神秘地举行了一次"兴趣小组"的地下晚宴，他们说这次是最后的道别，汤小组没有闹明白，到底是和人道别，还是和盖章子道别，或者跟整个虚无缥缈的人生道别。

在那场黑黢黢的晚宴上，所有人都手持着灯盏，如暗夜中的萤火虫，兀自亮着自己那盏灯，人与飞蛾，都爱扑火，他们费尽心机寻求的意义会被大火在刹那间烧得一干二净，知情的人俯在汤小组耳边说："早点走，晚了，这儿不知道会出什么事。"

他喝不了酒，现在脑子嗡嗡，已经有些酩酊。后来人就渐渐少了，他还是一杯接一杯地喝着，希望天亮后就忘记这场白日大梦。

周身开始热起来，汤小组发现远处火光冲天，有什么东西爆炸了，他跌跌撞撞寻求着生路，看见远处有两个熟悉的影子，本能驱使他奔赴过去，等他到了那个地方，那两个影子却又如海市蜃楼般消失得一干二净。

他一边逃命，一边想追上那两个影子，在小巷尽头的转角处，他终于追上了那两个人，但追上了又如何，他看不清他们的长相，也无人告知他们的身份，他从口袋里下意识地掏出章子，"咚、咚"两下，给神秘人做了标记。

翌日清晨，"兴趣小组大火爆炸"的新闻上了当地报纸的头条，人们只知道某个废弃工厂从这个城市的地图上被移走了，并不清楚有几千个人的心也在这一瞬间烧得毁尸灭迹，汤小组再也没对人提起兴趣小组，他删除了所有人的联系方式。

他回到了正常的生活之中，他的妈妈依旧跳舞，爸爸依旧修表，他却懒得再动那些章子，他将章子像麻将一样整整齐齐地码好，封存到旧箱子里，塞到床底的阴暗角落。

那是再普通不过的一天，汤小组懒洋洋地坐在饭桌上吃饭，他突然发现他的父母，每个人都戴着一只手套，一个人是左手，一个人是右手，这是灼热苦夏中的稀奇事，他拿起筷子，又放下，想起什么，又不太确定，最后终于给他爹妈的碗里分别放上了一块红烧肉。

许多天后，汤小组又开始盖章子了，只是这一次，他再也没有废寝忘食。

/ 失雨天

下雨天时，我会变成一个哑巴。

我的舌头上住着一道拉链，一下雨，拉链就关上门，睡起了觉。我一直觉得，从嘴巴到心脏应该要经过几扇门，而现在，这些门全都关了，锁得死死的。

阿明跟我讲，人一旦失语，心里头的声音就会放大，像一台装在胸腔内的扩音器，而这种声音大到一定程度，将会掀翻外头那个世界，如同海上的风浪不顾一切撞上巨轮。

我是在一个下雨天撞到阿明的，阿明和我一样，又不太一样。他和我一样，是个典型的失语症患者，只不过，我在雨天失语，他在晴天失语，每次说到这些，阿明总是笑笑，"我比较吃亏。"

说不清是阿明吃亏还是我比较吃亏，因为我俩都常因失语吃哑巴亏，有时是春风烂漫的午后，在一个便利店里，付账时，一道闪电劈下来，雨点落下，突然我就没法付款了，而这时，阿明从斜刺里杀出来，帮我付了钱，对，我和阿明便是这样相识的。

我们自然而然地成为了恋人，手牵手去了许多地方，朋友们都说我和阿明是天生一对，当然，他们不仅艳羡我们罗曼蒂克式的偶遇，更艳羡我们的相处模式——没有争吵。

阿明没法和我吵架，如果我在晴天发脾气，那么阿明只能仍由泪水在他眼珠里拼命打转，他说不出任何辩驳的话，只能歇斯底里地趴在纸上不停写，可是，我说得永远比他写得快，往往我已经脱口而出很多荤话，阿明才写了不到三句，这样的争吵到最后总是不了了之，太像一场闹剧。

心血来潮时，我会和阿明在咖啡馆里讨论如何治疗失语症，为了公平起见，我不会开口说一句话，若是雨天来袭，那么阿明也会保持缄默，唯一的交流模式仰赖手机解决，我一段话，噼里啪啦打过去，他一段话，噼里啪啦轰过来。

据阿明猜测，失语症的发生可能与信息过载有关，人呢，就像一个水桶，如果水灌得太多，水桶里的水反而会减少，聊天也是这样，别看我们平时没有说几句话，可是在社交网络或通信工具上，我们无时无刻不在说话，正是这样浪费时间的交流压缩了我们真正的交流时间。

"这是文明的惩罚。"阿明露出了一个神神秘秘，又意味深长的表情，在纸上写下这一切时，阿明已经化身成了另一个人，他不是血肉躯体的总和，而是灵魂与肉体的杂种儿。

"那又怎样呢？"我啜了口咖啡，蔑视地笑了笑，哦，忘记了，我不该滥用自己在晴天说废话的权利。对于我的道歉，阿明不以为然，他从手机里调出未来一周的天气预报，奸诈地指了指，不出意外，这座南方小城将在下周起进入梅雨季节，我要迎来漫长的失语期了。

打字打累了，我便缩在吐司面包一样的沙发里，呆滞地逡巡着周围众人，天可怜见，这帮人面对面，一语不发，彼此低着头，眼睛像长在了手机上一样，偶尔拇指移上去，跟千里之外的人聊不咸不淡的天。我很想走过去，将他们从沙发拎起来，告诉他们，别玩手机了，你们现在有说话的权利，应该好好利用，别等到哪天得了失语症，追悔莫及。

阿明一眼看穿了我的嫉妒之心，他在纸上写了两个字"走吧"。我不想走，我很愤怒，我想问一下为什么，为什么偏偏是我得了这种怪病，阿明像哑巴一样手舞足蹈，不停拍打着他自己。我明白，他是想说他也这样，他会陪着我。

某种程度上来说，阿明显然比我更可怜。没得病之前，阿明是口齿伶俐的销售，得病之后，他的工作也丢了，整个人溃不成军，只好开了个网店进货卖点电子产品养活自己，朋友也渐渐冷落了他，谁也不想见一个不会说话的哑巴。阿明说，认识我之前，他在网上聊了很多人，可见面后便再无音讯，那些人就像咖啡馆里的过客一样，根本不在乎世上多一个病人。

梅雨季节到来，我的嘴巴上像长了青苔，没能说出的话一股脑地倒尽了垃圾桶里，我向认识的每一个人抱怨这一切，复述每一段早已说过千百遍的话，希望借此博得短暂的同情，但在他们眼中，我只是一个可有可无的谈资而言，一旦八卦失去时效力，我便成了累赘。

阿明不断安慰我，他抱着吉他，哼唱着歌曲，他自己写的，只有这个时候，我才会温顺起来，像个小猫一样缩回沙发里。阿明真好，阿明是我的拐杖。

天晴之后，苔藓被我铲去，终于可以复工，闺蜜说虽然她舍不得我，但建议我搬到雨少的城市，她说，北边那座小城就很好，虽然干燥少雨，但依旧有我喜欢的景致，夏天时候太阳晒就躲在空调房里吃西瓜，这样岂不是很棒？

那阿明呢？阿明怎么办？

"阿明晴天的时候没法讲话，开的网店也赚不了几个钱，你不要同这样没用的男人在一起了啦。"

我把和阿明的分手选在一个大雨瓢泼的季节，天气预报说，台风在近岛着陆，落水量将接近历史高位。我已经想好了，到时候我只管哭，只管让眼泪跟雨水混在一起，以此博得阿明对我的同情，让他放我一马，如果去了北方，我就不需要阿明了，不需要这根人形拐杖。

你知道，南方的雨季总是波诡云谲，如同情侣的争吵一般，上一秒还乌云密布，下一秒便阳光泻地，就在我以哭泣来痛诉失语症对我正常生活的剥夺时，天上的雨竟然骤停，日光射进这所小小的房间，然而，不停挽留我的阿明竟然还在滔滔不绝地说话。

"阿明？"

阿明的表情骤变，像一只走进牢笼的猫，他伸出爪子，缴械投降，"其实，我的失语症早就好了，但是，但是我怕你走，我怕你觉得我和你不一样……所以……"

事实上，早在两个月前，阿明的失语症便好了，他只是不敢告诉我而已，而就在这期间，我却谋划了逃离这座被湿雨控制的南方小城，我渴求阿明的原谅，而阿明，其实早就已经原谅了我，他把我揽入怀中，摸着我的头说："没什么，没什么，生了病的人，想法总是很怪。"

和好之后，我和阿明的日子又恢复如初，渐渐地，我的失语症也不药而愈，失语症的愈合与发作一样，毫无预兆，就在夏天最后一场大雨降临的那天，我赤脚站在窗边，倚着雨帘唱起了歌，这都是阿明教的，他说，唱出来，也许就能说出来了，古代人都这么干。

午夜来临时，我和阿明并肩躺在柔软的床上，肩抵着肩，手牵着手，我说："你还记得吗？有一个小女孩曾说过，我想握住你的手，而不是鼠标。"阿明说："是啊，我想握住你的手，而不是手机。"那一刻，我们十指交合，紧紧扣在了一起。

梦里，我来到了一片荒无人烟的草原，天暗哑着脸，小雨像鱼一样游进我的眼里，远处，一个很像阿明的男人正在岸边舀水，草原上的人渐渐多了起来，我不清楚他们是从地里长出来的，还是天上掉出来的，总之，人越来越多，长成了一片密林，他们勾引着我，引诱我和他们交谈，我的同学、同事、网友，甚至不知名的路人，而我一语不发，拨开了茂密的人丛，径直走向那个舀水的男人。

　　我想，世上大概没有不得不说的话，我要把最好的东西藏在口袋里，留给阿明。

/ 鬼城

鬼城里没有鬼，也没有人。

从北到极北之地的这条航线，飞一小时足矣。我们一行四人，从异乡而来，惊魂未定。

飞行员从前开战斗机，现在也闲不下来，无论有无气流，开了半小时后，他会在空中旋转四五次。

几乎每个人都携带着满额的细密汗珠和沉重行李落地。

机场小，风大，门在十米开外，一阵北风灌进来，所有关于温暖土地的念想全被吹散，我从旅行包里拿出所有能穿的衣服，一一披上。

我们坐上一辆出租车，窗门紧闭，周遭是一片荒漠。千年前，成吉思汗骑马打此地跑过，但草原在很远很远的地方，这里和山西一样，地下埋的不是珍稀物产，是钞票。

司机很得意地问："你们在北京买房了吗？我有四套。"

我们四人齐齐闭嘴，我们没有房，我们从五湖四海来到陌生城市打工，又从一个异乡辗转另一个异乡，赚一些糊口钱，制造一些无足轻重的回忆，又在终于老到整部机器无法运作时，奄奄一息地回到故土。

我们跳下了出租车，眼前是一栋约十层楼的高楼，从这栋楼朝外扩散是一圈又一圈的细密楼房，拔地而起的建筑拱卫着荒芜的城市。

想靠冲到马路中央这个办法自杀的人会失望。这里没有红绿灯，十分钟才出现一个车影子。人少，车更少，只有房子，无声的房子坐在地上，像痴人一样望着你，每扇窗户都是它们未曾睁开的双眼。

我们是广告公司，甲方是地产公司，我们之间的关系基本形同奴隶和奴隶主、资本家和民工，但有时候可能还不如这两种关系，尤其是在深夜，他们根本不会让你安心睡去。

从来到鬼城的第一天起，我就知道，我要度过许多个无眠之夜了，但我的预估太过乐观，我以为顶多是三天，却变成了三十天，像是有人硬拽着我的爪子按了血红的卖身契，我困在鬼城，出不去了。

鬼城是个笼子，没有逃生工具，没有生活用品，没有餐厅，没有饭馆，没有电影院。

我们除了干活，还是干活。我们在高楼里干活，工人们在工地里干活，工人们先把鬼楼修起来，我们负责协助甲方把鬼楼卖出去。

有一天，项目负责人在深夜十一点说："我带你们去看看工地吧。"我们已经没有还口的余力，我看见女同事木白面如菜色，她露出一副可去可不去的表情，但终究还是去了。

这趟车开得很妙，它一路畅通无阻，简直找不到对手，没有超车的，没有碰瓷的，没有警察，更没有红绿灯，你就开吧，想往哪里开就往哪里开。

我们开着开着就失去了方向。

远处，鬼影幢幢，数十层高的大楼通体漆黑，偶尔有楼层中亮起零星灯光。有光，即有人，但区区一两个人留在这样的建筑物里，恍如孤岛求生。

还好，我们有车，车是汪洋黑暗中的一艘船。

"停，停，停！"

坐在后排的客户拼命叫停，舟车劳顿多日的我们瞬间清醒，探头朝窗外望去，漆黑纵深处是一片湖，由于四周没有路边，湖与路缺乏明显的边界，如果刚才没人喊停，我们统统都要死在这鬼城的湖里。

车停，所有的人从车上下来，有人点燃烟头，成为这方圆百里内唯一的光源，远处天空上挂着一轮月亮，耸立在月下的是无数栋高楼，每栋楼都像通天帝国，妄图只手遮天。

在这乌黑一片中，每个人的心事都是沉在湖中的石头，浮不起来。

半个小时后，我们再次启程，时针指向十一点，破碎的公路上到处都是石头，我们绕了三圈后又回到最初的起点——那栋办公大楼。

这大楼现在看起来一点也不讨厌了。

鬼城里有许多规矩，比方说你必须按点吃饭，只要你错过饭点，不但食堂无人应门，就连街边小馆都门扉紧闭，没有暗号，没有密语，即使你跪在地上求人，也讨不到一口饭。

作为远道而来的牲口，我们每天都在热情洋溢地干活，这表现在我们常常工作得废寝忘食。

我们会在每天的半夜三点从大楼往酒店赶，叫不到出租车，只能靠最原始的步行来抵达目的地。

火光乍灭，万籁俱寂，我们打着手电筒在茫茫暗夜中穿行，如果彼此之间出现什么穷凶极恶之徒，客死他乡也是情理之中的事。

一切就像不断运转的陀螺，看起来不会停，直到木白失踪。

我和木白住在同一个房间，她长得胖，喜欢抽烟，身躯肥壮，平时在北京主要承担对接客户的工作，但来了这儿，沟通基本靠吼，我们的文案设计统统是现做现改，她显得可有可无。

起初的几天，她在房里睡大觉，但后来，她突然就不见了。

我扯着组长的袖子说："木白不见了，我早晨起来没看到她，你们看到没？"

组长点燃烟，深吸了一口，若有所思地望了一眼远方，他笑着说："你看到没，我们做的项目是新城的中心，市政府就在这个河对岸，地理位置还是不错的。"

客户附和："是啊，一定会大卖的，这房子不错。"

我继续说："木白不见了。"组长仿佛没有听到一样继续看着远方，抽着烟，我又扯住设计说："你看见木白没？"

他的眼睛盯着屏幕一动不动，"我在改报广呢，哦，对了，帮我把音响调大一点，不够嗨！"

这里除了我们三个人之外，没人认识木白，如果采取投票制来证明整件事，一定是我输。

"木白没有失踪，我要接受这个设定。"

我开始失眠，反正也睡不上觉，看着隔壁空荡荡的床单我就害怕，木白到底是去哪里了，哪怕是坐飞机也给个信儿吧？这样不明不白地失踪，让我怎么安心。

不久之后，我把木白失踪的事忘得一干二净，可是，就在某天的清晨，组长又开始变得不对劲了。

首先，他假装花卉公司的人将一盆花钵顶在头上，像一棵树一样慢慢蠕动，他朝窗前不断地动着，还警惕地朝四周张望，他看见了我，朝我做了一个"嘘"的动作，我点点头，没敢轻举妄动。

很快，就在刹那之间，他纵身一跃，抱着那盆花钵跳出了窗外，这个大楼足有数十米高，他要干什么？

我大喊一声："有人跳楼了！"然而没有任何人回应我，大家依旧秩序井然地做着自己的工作，我颓然地趴在窗户上，只望见远处那条浩荡的大河缓缓流淌，它把组长吸进去了。

我很无力地走到设计身边说："现在木白也失踪了，组长跳楼了，很快就是我们了，这里真的是鬼城。"

设计耸耸肩，若无其事地说："他们两个是不干活的，咱们两个是干活的，你一个干活的跟不干活的较什么劲，他们死了就死了吧。"

"对了，你跟我把这个 DM 改一下吧，太不好排版了。"

我不知道是这里的人疯了，还是我疯了。

好不容易熬到下班，旅途上只剩下我和设计两个人，他戴着黑框眼镜，没事的时候就喜欢抱着掌游打电动，这天，他破天荒的没玩游戏。

我俩并肩走着，影子落在地上，你踩我一下，我踩你一下，长长的影子仿佛会吃人，我不敢看地，只好抬头望天，一团乌云把月亮的脸咬掉一半。

我时不时斜眼打量着设计，生怕他从身上抽出什么小刀之类的武器，我这么一个手无缚鸡之力的人，就是待宰的羔羊。

他的脚步，突然停住。

一个空落落的住宅楼矗立在我们面前，他悄声说："进去。"我当然不肯，想逃，他很快捉住我的手将我一把甩了进去。

霎时，灯火通明，我发现两个人坐在院子里搭积木，就是那种乐高玩具，他们盖的房子精妙绝伦，简直和这鬼城里的一模一样，他们不停垒着积木，越来越高，越来越高，我手足无措地站着，等着设计发号施令。

"来啊,过来玩吧。"垒积木的人陡然扭头，一个是木白，一个是组长。

/ 被洗劫一空的人

"你想过在地铁上裸奔吗？"

来不及把老林的嘴摁下去，地铁就被更大的轰鸣声吞没，像拐进了野兽的肠子，一瞬间信号全无，所有人都沉浸在自己的世界里，没人注意到老林在说怪话。

"你不要乱讲话，这里是北京。"

"就因为这里是北京，所以我才能瞎说，反正没人认识我，没人注意我，你紧张个鬼！"

四周没有任何人注意我和老林，我们实在太不起眼了，就像银河系里死掉的星星，一丝光亮也没有，我心里的那个声音回答了"是"，但当着老林的面，我还是只能装模作样地说——"你是不是有毛病？生怕别人不知道你是外地来的？"

"你不也是外地人？"老林反戈一道。

我横了老林一眼，"我跟你不一样，我来北京都八年了。"

坦白来说，我完全不欢迎老林光临我在北京的巢穴，这里是我的秘密基地，我花八年时间好不容易建立的城堡，好像在这个瞬间就被他攻占了，更重要的是，我在家乡父老眼里的形象也将随之瓦解，他们很快就会知道我在北京过得不好，一点儿也不好。

"哟，你住的地方不赖嘛……"

我知道老林是在取笑我，为了离公司近一点，我找了一处国贸附近的老旧社区，房子共十二层，我住顶层，绿皮电梯，晚上十二点停驶，有好几次，加班加得晚了，电梯停开，我只能步行走上去，每走一步都像有女鬼在抓着我的脚往地狱里拖。

"你住多久？"我虚与委蛇地套着话，希望老林赶紧走，越快越好，可老林倒是不客气地一屁股坐到了我新换的床单上，"说不好啊，现在也没个信儿，我还得等几天。"

与我的坦白不同，老林对他自己找的工作闭口不谈，我猜想他是根本没找好工作就糊里糊涂地跑北京来了，在他来之前，我好几次劝说他别放弃家乡稳定的工作和安逸的环境，可是他把我的话揉成一团废纸，毫不留情地扔进了垃圾桶里。

"哎，哎，哎，好冷啊，你这个水怎么回事？"

我像一个长了八只脚的消防队员，在租来的房子里疲于奔命地收拾残局，老林没有等我嘱咐他卫生间的热水器怎么使用就跑进去洗澡了，活该冻死他。

"喂，你等着啊，我来了。"

我从老林手里抢过那个脏兮兮的淋浴头，就像抢过我生了锈的青春，我把喷头重新挂了个位置，指着裂缝处说："这个水管有问题，你得把它挂在这个地方才能用。"

"你每天都这么洗澡吗？"

"对啊，不然呢？"

我看着老林垮塌的乳房与布满脂肪的肚子，忽然一阵恶心，我第一次见到老林的裸体时，他还是一个麻秆细的少年，下体的毛发尚未茂密如林，皮肤说不上吹弹可破，却有着一股小孩子的奶香，而现在，岁月在他身上左刻右画，最终留下一片狼藉。

"看什么看，我有的你都有……人老了，都长一个样。"老林把喷头对准我，佯装要喷水，我格挡着退了出去，替他关好了门。

回忆就像危楼，当你朝里头添砖加瓦时，现实却拿着冲锋枪将所有地方扫射一空，你越是想复原城楼，那些石块掉落得越加频繁，最后，沙石俱下，你成了空城里一座死不瞑目的尸体。

正因为深知现实对回忆有着不可挽回的破坏性，我拒绝与同学们接触，大家各安其命就好了，没必要通过各种工具窥伺对方的生活，我希望记忆永远停留在几十年前，至少不必惹得满身腥臊。

抱怨归抱怨，该烧的水还是要烧，老林从南方来，自然是受不了北方冬天的寒冷，我这里的暖气也罢工好几天了，除了一杯热水，我找不到安慰彼此的办法。

老林洗完澡，拿毛巾囤囤了两圈脑袋，拿起桌上的水就喝了，喝完了他才反应过来——"你这个水里是什么鬼，怎么都是白色的粉末？"

"北京水硬，烧出来的水都是这样的。"

"这种水怎么喝啊……"

"不想喝别喝了……"

我的忍耐已经到了极限，要不是想着儿时老林对我有恩，我早就关门谢客，将他赶到北京的大街上了，我看了一眼老林，看了一眼他鼻子上那道疤，无可奈何地掐灭了心里那道邪火。

那都是十几年前的事情了，我跟老林在楼下的小卖铺边玩，突然想买糖吃，可是两个人手里都没有钱，穷生恶胆，我和老林说："要不我们两个偷点泡泡糖吃，也没几个钱，等下次有了零花钱再还上。"老林同意，说抢就抢，一切都很顺利，唯一的败笔是忘记了小卖部阁楼上的大花猫，就在我俩成功得手，准备撤离时，花猫从阴暗的货架上一跃而下，直接抓花了老林的脸。

这件事像紧箍咒，每念一次，我的脑袋就紧一次，我看着老林盘腿坐在我的床上，就像看到一尊一百公斤重的大佛，请也请不走，撵也撵不动。

"你还看书啊？我毕业之后就没看过书了。"老林盘踞在床头一隅，开始翻动那本白色封皮的小书——村上春树的《再袭面包店》。

他翻了两页之后突然拍案大笑，"这个人是不是有毛病啊，抢什么面包店啊，面包店里能有啥啊？"

"你不要瞧不起别人抢面包店，我们两个小时候就去超市偷泡泡糖，都被人追着打了两条街好吧？"

说到往事时，老林那张面目可憎的老脸突然变了，仿佛少年岁月在他脸上打了柔光，那些斑斑痕痕，坑坑洼洼，都被青葱泥土瞬间抹平。

"不说这些了，你不是在老家有个超市吗？婚也结了，跑这里来吃苦干什么啊？你都三十的人了……"

"你不是也三十了吗？我没记错吧，你的生日是十二月十日，还有十天生日。"

有那么一瞬间，我几乎怀疑老林是我爹妈派来的黑无常，专程游说我回老家娶妻生子，然后堕入我一直想逃离的那种人生，可没等我开口，老林就竖起一根手指摇来摇去地反驳，"你别想歪了啊，我是自己来的，跟阿姨叔叔没什么关系。"

"好晚了，睡吧，睡吧，你不是明天还要上班？"

谈话不欢而散，一天的喧嚣终于复归平静，老林还和小时候一样，睡觉不老实，翻来覆去地卷被子，打呼噜，我根本睡不好，只能反复地睁开眼，闭上眼，回忆像一个躲在窗帘后的老人，偶尔拿着糖走出来，偶尔举着枪走出来，我在幻影里做了一个又一个梦，睡了一场又一场的觉，直到把青春睡完。

像这样的日子，我忍耐了三天，共七十二个小时，在其期间，我向所有平时不联系的人发动了对话模式，试图找出蛛丝马迹，破解老林无故来京的悬案，我万万没有想到，事情比我想得更光怪陆离。

吾友老林，家里是开超市的，简称超二代，这几年进口超市，本土大型连锁超市不断抢占市场份额，小超市的生存日益艰难，老林的爸爸老老林也是半只脚踏进棺材的人了，于是他把做着画家梦的儿子招到床头来，"儿啊，你也不小了，我们屋里以后就靠你了。"说完留下两行老泪，那泪水像硫酸一样灼伤了老林的手，他只能把定心丸一颗一颗地吐出来——"爸爸你放心，我会好好搞超市的。"

老林根本不想开超市，他最初想开一个绘画兴趣班，后来又想开桌游吧，最疯狂的一次，他想效仿日本电影开一个"多田便利屋"或"解忧杂货铺"，但这些想法被他的爸爸和妈妈，再加上老婆，三票否决，老林手里没有任何对自己人生的选票，他耷拉着脑袋说："好吧，那我们就开超市。"

不到两个月，超市的一半就被他的老婆改建为了棋牌室，为此，他跟刚新婚半年不到的女人吵了三天三夜，吵到最后，女人直接举起花瓶朝老林砸去，老林也不示弱，扯下窗帘就要把女人困住，女人像盘丝洞的蜘蛛精，被自己织出来的大网网住，最后气急败坏，索性把衣服加窗帘一起褪了下来。

脱掉皮的女人像一条光滑的白蛇，她叉着腰在门口威胁，"你再跟我闹，我就光着跑出去，看最后是你丢脸，还是我丢脸。"

"你跑啊，你跑啊，让所有人都看看到底是谁不要脸。"

老林说的自然是气话，女人说的自然也是气话，但男人与女人的不同之处在于，女人在气头上总有着说到做到的牛气，而老林则不然，就在老林还没有反应过来时，他的老婆已经冲到了大街上。

据转述的人说，当时是夜里十点多，大部分商铺关了门，但夜市还热闹，老林老婆一路冲过朱雀街和黄司大街，像一匹白色的马涌入黑色的夜，小城里的大部分人都看到了老林老婆的身子，那具身体跟普通女人的身体没有什么两样。

这件让所有人津津乐道却又不足为道的事让老林身心受到了重创，即使在和好之后的三个月里，老林也无法像个正常男人一样面对妻子，这间接导致了另一桩惨剧的诞生——老林的老婆勾搭上了牌友。

这件事已经发展为说不清到底是谁的错了，女人振振有词地在街坊面前取笑老林不举，说她也是无可奈何。老林家颜面尽失，他也根本没有打女人的勇气，只能一天又一天在自家超市面前肥胖下去，堕落下去。一年之后，老林的老婆将整件事玩出了新的高潮——她和一个过路买烟的男人私奔了。

"我就说不该开超市，不开超市，屋里就不会变成棋牌室，不变成棋牌室，就不会有后来的事情，她也不会出去偷人。"老林一口一口抽着烟，和他那个躺在病榻上的父亲老老林争执不休。

"那你去追啊，你把人追回来啊，追回来再看怎么处置，我们林家不能丢这个脸。"

知道了事情的前因后果后，我对老林平添了一份同情，我打算无论如何要替他找个房子，让他在北京落脚。

无论我什么时候回来，老林都歪倒在沙发上看书，而且看的是同一本书，我的书架上明明堆了上百本，我不知道他怎么唯独看中了《再袭面包店》。

"我们去抢超市吧！"老林突然扑过来，揽着我的肩膀说，"银行我是抢不了的，超市还可以抢一抢，再说我们就抢点超市里的小东西，大不了就说开玩笑，赔钱给他们，你说怎么样？"

我双眼像扫描仪一样刷了老林的身体两次，然后飞快地弹开了他颇有力量的大手，"你发神经，你还让我跟着你一起发神经？"

"到底是哪个在发神经哦？你看看你每天的样子，我不怕告诉你，我跟踪了你三天了。"

"你每天早晨八点半左右出门，挤九点那班地铁，九点半到公司，经常迟到，迟到了被你老板撞上，你的脸就红得像猴子屁股，到公司了你会下7-11买早餐，火腿酥饼加豆浆，连着三天你吃的都是一样的，我都替你恶心。"

"你六点半下班，但是六点班一般都下不了班，加班的时候七点你会订餐，订楼下桂林米粉或者沙县小吃，吃完了你就继续做PPT，这三天你都是十一点下班的，我说的没错吧？"

如果没有人这样揭露我的生活，我会觉得自己活得不错，可是一旦有人赤裸裸地把这种生活形容出来，我就会觉得自己变成一只被扒光了皮的刺猬，没有刺，没有铠甲，赤裸裸暴露在众目睽睽下。

"我这样有什么不对吗？"我反问老林。

"你觉得这么活着有意思吗？"

"你不能这么问，你要老这么问，人就没办法活下去了。"我抬起头，目光凶狠得像一只豹子，"你活着没意思是你的事，不要把我拉下水。"

"我把你拉下水？"老林陡然站起来，逼视着我的双目，"总有一天，总有一天你也会跟我一样，在水里头泡着，你别以为有人逃得脱。"

那天夜里，老林没有回来，我不知道他去了哪里，可能死在了冬天的大街上，第二天早晨起来时，我突然对昨天放肆的言语感到愧疚，我的言语就是一柄刀，将老林赶尽杀绝，可过了一会儿，我又感到庆幸，并希望老林永远不要来找我。

第二天早晨我照例像游魂一样挤入地铁，每到这个时候我都想象自己是一片纸或者一团空气，可以随意折叠，随意变形，这样就不至于在这个地方老是无立锥之地。到公司的时候，我迟到了，迟到了三分钟，这是这个月第三次迟到，按公司的规矩，行政绩效分要被扣除，我把工牌从打卡机上移开时，恰好撞上了经理嫌恶的眼神。

"你怎么又迟到了？不是叫你早点来吗？"

"知道了，我知道了。"我知道说任何借口都是没有用的，尤其是在这个草木皆兵的风口，最近公司正值裁员期间，一点小小的涟漪都会引发巨大的灾难。

到了公司，喘了一口气，偷跑到楼下买早餐，"给我拿一份火腿酥饼，还有豆浆。"说出这句话时，老林那张褶皱丛生的脸仿佛出现在了我的面前，他提着我的耳朵问："你每天都吃这些你不恶心吗？"

这让我冷汗直下，很快，我命令那个表情明显不耐烦的服务员换一个酱肉大包给我，我不想再这么继续下去了，这种惯性会将人拖死，我会变成四轮马车后头束手束脚的囚犯，车一动，五马分尸。

坐电梯上楼，沿路都是拿着咖啡说说笑笑的光鲜白领，我低垂着头，想象着自己的结局，好像没有什么不对，也好像没有什么对的地方，我在过一种外人看来正确无比的生活。

上午十一点过五分，我在摸鱼，一条信息窜入眼帘，新闻标题写着："外地男子一号线裸奔，全程淡定出行，旁人更淡定直接无视。"看到这个标题我心里猛然一惊，刚想点开看看做这件事的人会不会是昨夜被我驱逐出境的老林，而这时，经理用手指轻轻叩我的肩——"来一号会议室一下。"

我毫无防备地进入一号会议室，像一个一无所知的囚犯，坐在对面两张椅子上的人分别是人力总监和市场总监，他们看我的眼神就像巡视动物园里新加入的野生动物。

"知道我们找你来什么事吗？

我摇摇头，"不知道。"

"真的不知道吗？"

"真的不知道。"

就像犯罪片里无聊的警察和无辜的囚犯，这样躲猫猫的谈话僵持了差不多十分钟，人力总监终于憋不住了，他的目光像弹簧朝桌侧一瞥，又飞快弹回来，"是这样的，我们也很为难，但这是公司的决定，因为总部对公司架构的调整，你这个职位暂时不需要人了。"

我怔了怔，希望自己没有听错，倒不是恐惧失去这份工作，而是长久以来的付出竟然变成了一句"你的职位暂时不需要了"，我当然知道这是托词，无非是在无情的人事斗争中，我的参与度太低，最终在这场黑暗角逐里败下阵来而已。

就在我不知所措时，手机震动了一下，是老林发来的消息——"中午十二点半，在你公司楼下，我请你吃火锅，吃完我们恩断义绝。"

"好。"我全程都在说好，对人力总监，对市场总监，对经理，对老林，我不知道用什么话来结束这一切，只有一个"好"字能表达我的心情，还能怎样呢？

我来到火锅店时才十二点，老林正坐在等位处玩手机，我过去拍拍他的肩膀，他笑了起来，目光随和，"哟，怎么来这么早，我还怕你上班忙。"

"上什么班，老子不上了。"

火锅店的喧闹和地铁里的喧闹一模一样，我们暂时用这种声音来掩护自己卑微的喘息，我和老林点了一桌子菜，一副要吃够三天三夜不罢休的样子。

"昨天晚上，对不起啊，这阵子心情不好，说话有点冲。"

"没事没事，是我的问题，你在这里举目无亲，我还跟你吵架，我的问题，你昨天晚上去了哪里？"

"没去哪，在 24 小时超市里头混了一晚上。"

我突然想起今天早晨的新闻，又想起老林的话，赶紧调出手机继续看那条新闻，"你知道不知道今天早上一号线有个人裸奔，吓死我了，我还以为是你。"

"裸奔有什么关系，又不是跳轨，我这种人，应该跳轨。"

一时间，两个人很沉默，这让火锅沸腾的样子看起来像一场虚伪的高潮，我们两个人都已经吃得面红耳赤，但心，依旧是凉的。

"我们去抢劫超市？"我借着酒劲，压低了声音，询问老林的意见。

"你疯了吧？"

"我没疯，我都失业了，没什么好怕的。"

如果有人坐在侧面给我和老林画一张画，再配上文字，那大概是这样的：你三十岁了，你一事无成，你面对的现实早就开始腐坏，你要鲸吞下这无尽的玩笑，现实像两堵高墙，渐渐把你碾压成泥，最后化为一滩空气。

我和老林一阵对视，就像多年前的那个下午，知了在树上闹，我们身无分文，远处树荫下的小卖部像一个甜腻的蜂蜜罐头，诱惑我们自投罗网，而我们两个人什么也没有想，就那样只身扑进了小卖部。

"要是没有那只猫，就完美了。"老林笑一笑，把烫好的鹅肠丢进我的碗里，"那个时候年纪小嘛，没那么多顾忌，现在真是哎，做什么事情都思前想后的，好烦。"

我和老林一拍即合，两具空荡荡的壳子突然灵魂归位。为了研究如何抢劫超市，我和老林进入了忘情的筹备阶段，我们看起来再也不像两个无所事事的中年废物了，我们终于有了那些早已不属于我们的东西——"热情、希望、行动力。"

在研究作案工具时，老林提出用刀，我认为刀不好，刀是用来杀生的，我们不是为了杀人，只是为了吓唬人，去学校外头买两柄小孩子用的假枪就行，再说枪比较带劲，香港警匪片里都用枪。

我们很快达成共识，同时又想到了另一件事——劫匪需要面具，一共两张，我们一人一张，经过学校外的小卖部时，我们恰好看见那里有面具卖，都是孙悟空、猪八戒、奥特曼之类的，我和老林同时拿起了孙悟空的面具。

"世上哪来那么多齐天大圣，孙悟空有且只有一个。"老林苦笑，将面具重新挂好，他突然把我拉到旁边说："我觉得没必要弄这么张扬，买两个普通的口罩就行，反正我们的目的只是为了让人认不出来。"

我恋恋不舍地放下了孙悟空的面具，这么多年过去了，我没成为一只无法无天的猴子，反倒成了一个畏首畏脚的愚蠢人类。

那个令人血脉贲张的夜晚很快来了，感谢北京城的雾霾，让我们戴着口罩都不至于像两个劫匪，天灰灰的，冬天的冷清空了街道上所有人，那间新开的 24 小时超市矗立在不远处，像广阔海域上的灯塔。我突然有点不舍得抢劫超市，以前加班肚子饿想夜宵，都是超市喂饱了我的身体。

"你在想什么？"老林用枪戳了戳我的脊梁骨，把枪藏好，我们先把自己要抢的东西选完，到柜台的时候再施行计划。

我不知道该抢什么，好像抢什么都没有多大意义。

"抢一些平时抢不了的。"老林怂恿，"快一点，不晓得等下会不会有别人来，这附近总是有些出租车司机喜欢晚上来这里买东西。"

我先在冷柜前逡巡了一会儿，那些酸奶、饭团、汉堡等像一个又一个平卧的人，四肢蜷缩成一团，安静地等待被解冻，视线再往上平移一点，我很快看到一行字——"填补空虚每一天。"

我招呼老林来看，"你看这是什么？"

"别废话了，你就不能快一点。"老林急得恨不得拔枪对准我的头。

最后，我终于克服了选择恐惧症，从货架上摘下了两个我平时用不到的东西——避孕套和卫生巾，说不清是什么冲动让我拿了这两个东西，也许是平时我不敢多看这两样东西一眼，又或者是好奇心的趋势。

"把手举起来！"事件终于进行到了应有的高潮，那个吨位大概在200斤左右的女收银员放下了手上的月饼，狐疑地盯着我们两个。

"把手举起来！"我和老林同时喝了一声，"不然你就没命了。"

我发誓这些话都是从电影里学过来的，但实战的时候，我们的声音带着颤抖，就好像两军在战场上对垒，你拿着普通的步枪，而你怀疑对手在货柜下头藏了一把冲锋枪。

"你，你们是老板新派来的？"女收银员没有放下手里的月饼，我瞥了一眼包装袋，过期了，这月饼过期了，毕竟，中秋节已经过去很久了。

"我们是抢劫的！"

"抢什么？"女收银员轻薄的眼神传递了一个讯息，我们两个的重要性并不比那块过期月饼高。

我把避孕套和卫生巾扔在桌子上，继续狐假虎威地喊，"别那么多废话！"

"不是，这里的东西都是空的，你们抢什么啊，莫名其妙，你们不会是老板新派来的吧，又搞什么真人秀视频啊，怎么事先不通知一声，受不了了。"女收银员一屁股坐回椅子上，再也不肯多看我和老林一样。

"你说空的，是什么意思？"我突然意识到了收银员的话里有点不对劲。

收银员艰难地移动着自己的躯体，终于把那座大山似的屁股抬离了板凳，她突然抓起一个盒子，拆掉包装，"你看啊，你看啊，这里是空的，都是空的，我们这里不是真的超市，是一个艺术家搞的行为艺术。"

我终于发现"填补空虚每一天"这一行明晃晃的大字正高倨墙头，嘲笑着我和老林，接下来，老林也一把扯下了口罩，笑眯眯地看着我，"对不住啊，兄弟，找你帮我演了个戏，不过没关系，酬劳我会分你一半的。"

我把枪朝地上一砸，开始拆那些避孕套和卫生巾，我不停地拆，拆了一个又一个，拆了上百个盒子，里头都是空的，空空如也，什么也没有，我不知道这个夜晚到底发生了什么，也不知道究竟哪里出了错，我突然觉得老林就像多年前小卖部里那个不知道从哪个鬼地方里一跃而出的花猫，抓破了我的脸。

/ 鹿羊火车站

我曾无数次躺卧到铁轨之上，幻想迎面而来的呼啸列车将我劈成两半。

那时我住在鹿羊火车站旁边，这火车站荒废多年，寸草不生，往外走几圈是夜里笙歌不止的大排档，而早年间背着包袱来往的旅客早就随风湮灭。

没什么可玩的，不是拍拍洋画，就是捉捉迷藏。

玩游戏需要道具，鹿羊火车站立在那儿，高数十米，宽度足以覆盖一片小区，连门票钱都不收，在那些阴沉沉的角落中还躲着无数有待发掘的故事。

我们靠着这废弃的火车站，一玩就是一整个童年。

距离鹿羊火车站不到一站距离的地方，有一架小桥，上头有真的列车运着煤来回穿梭，没有人管，没有大人拦着，我们在下午的三点一刻集结于此，组成猜火车小分队，就那么不怕死地上了桥。

上了桥，有的人下得来，有的人下不来。

下不来的，成了尸体，成了人们疯狂传诵的反面典型，那时，足足有一整个月，爹妈将我关在屋子里，不让我再靠近那个庞然大物，他们恐吓说那里有卧轨之人的亡魂，专抓不到十岁的人。

在某个伸手不见五指的深夜，我们一人挑着一个灯，摸到铁轨边上，乌云盖住月亮的脸，天上没有半点星子，荒草被冷风吹起，所有人都瑟瑟发抖。

那个死去的人在前一天还信誓旦旦地说——"只要你把四肢都缩在里头，不要碰到轨道，那个火车撞不死你的。"

但，他到底还是被撞死了。他说，来不及跑的时候就躺下来。

就像把你关进一个黑漆漆的屋子，你明知道那里头装满了鬼魂，但是你蹲在地上自欺欺人——"这里没有鬼，这里都是人。"

那些年月，我们都抱着侥幸之心活着，一旦活成了，我们将会成为坊间传奇——"你看，连火车都轧不死我。"

倒是有那么一个人，成功过。

他叫郑大明，他说自己天生命大。

命大就是火烧不死，水淹不死，地震震不死，仿佛有玉皇大帝钦赐的铠甲护体。

郑大明第一次知道自己命大还是在小学三年级时，班级里组织春游，同学们都兴高采烈地去坐速降机，他老早就拨开人群，绊倒了好几个人，就等着第一批坐上去玩。

可惜，就在机器发动的前一秒，他开始闹肚子疼，疼得不行，他跑去上厕所，等回来时，鲜红的机器边鲜血流了一地，红彤彤的，像夏天的西瓜被开膛破肚。

几分钟前还好好的同学，死了三个，伤了五个，郑大明吓得说不出话，但很快，他笑了起来，心里美滋滋——"还是老子命大。"

一九九八年，他妈的家乡闹水灾，在此之前，他本想好了非去不可，但临到头上却改了主意，那一年，洪水淹没了整个村庄。

郑大明开始吊儿郎当起来，他想自己上辈子一定是拯救过世界，兴许是拦下了屠城将军的刀，又或者是救过涂炭生灵，总之，这辈子，老天爷欠他好多条命，用也用不完，花也花不光。

久而久之，他成了亡命之徒，从小混混成了帮派混混，背靠着黑社会混饭吃。

在你生活的地方，总有那么一个人，他是孩子们的头头，是膀大腰圆的硬汉，只要听到他的名字，所有人闻风丧胆、草木皆兵。

我们怕他，又喜欢他。

怕他，怕他的拳头降临到自己身上。喜欢他，因为他可以扛着这一整条街的旗子来回游荡，我们再也不怕被外来的坏人堵在林荫路口。

我说："这种人算枭雄吧？"爷爷拍了一下我的头——"不要胡扯，这叫混混，别跟他们一块儿玩。"

在我荒草漫天的记忆中，鹿羊火车站的故事是一段一段，一截一截的，有时，它们是被暴雨浇灌过的竹子，在某个刹那，疯长成俊美画面，我得以在梦中和儿时伙伴欢谈相见。

有时，它们是被连环杀手拆解过的暗号，最后留到我手中的只是一些不成片段的线索，我像一个走投无路的侦探想要推门闯进去，而那些守在回忆里的刺客却一剑穿门，将我钉死在那儿，一动也别想动。

我是在一个暴雨天搬离鹿羊火车站的，更准确地来说，是因为爷爷去世了，又或者是我该长大了，我跟随父母搬到了市里的另一个区，这片区是新城，到处都是拔地而起的高楼，没有火车站，商城倒是鳞次栉比，来往的都是面孔陌生，我再也不能把门打开，放小伙伴进来撒野。

爸妈齐声说："很好很好。"这是学区房，适合安心读书，别再去那片火车站野了，危险。

有那么一个阶段，我缺少行为能力，哪里也去不了，老师在黑板上声嘶力竭，粉笔在黑板报上倒数着高考时间……什么童年，什么冒险，都被废纸堆里的练习题瞬间淹没。

等我再回到鹿羊火车站时，那里更荒败了，爷爷奶奶的房子也被拆掉，只有阴沉的大门还留在那里。

如果你站在棚户区乱搭乱建的违章天台上朝这边张望，你不会看到人，只会看到一个鹿头人身的怪物和一个羊头人身的怪物。

这两个怪物，穿着西装，打着领带。

他们提着公文包耀武扬威地闯进了鹿羊火车站，这里，根本不用闯，完全就是无人之境，这里的一花一草，一砖一瓦，早就没有任何利用价值，连践踏都显得多余。

鹿头人和羊头人相视一笑，彼此被对方突出的大眼恶心了一脸，羊头人试图去掰鹿角，鹿头人想砍掉羊角。

他们哄闹成一团，好像平时那个耷拉着脑袋的人类早就被怪物的头颅给吞噬殆尽。

如果可以的话，他们宁愿脑袋被怪物吸走，身躯躺平在铁轨之上，他们不停走，朝纵深处走去，那是他们童年第一次离家出走未果的地方。

他们想不到，鹿羊火车站竟然是一个圈，走来走去还是回到起点。

鹿头人哈哈大笑，羊头人也哈哈大笑，他们说："好啊，好啊，你骗我。"

他们一同被骗了，被那些横七竖八的铁轨，与枯黄灰草所骗。他们还记得，许多年前的那个月圆之夜，他们从竹床上跳下来，一个在前，一个在后，发足狂奔。

他们依偎在铁轨边的栏杆上，等着等着，等着一列火车与他们错身而过，他们死死抓住栏杆，拼命抵抗着火车的吸力。

风起，风灭，一刹那的事。

他们站在废弃的桥墩下，远远看着当年不怕死的自己，又一起摘下鹿头和羊头，相视一笑。

然而，在那扇不远处的大门后，有个虎背熊腰的男人收起了自己的板凳，将门上的锁链套了上去，他的步子很慢很慢，慢得不像当年那个不怕死的"小阎王"。

/ 魔盒

所有人都在低头看手机。

地铁车厢像一个巨大的实验器皿，人们在里头颠来倒去，好像摇一摇就能产生化学反应。她低垂着头，没看手机，她在观察一条缝。

这条缝位于地铁与地铁月台的连接处，长约两分米左右，非常清晰地横亘在那儿，昭然若揭，完全就是个不容忽视的手术伤口。

其实她观察这条缝好几天了，从上个月的某个周四开始，每当跨出地铁时，她总提醒自己，千万收好身上的所有物品，别让手机掉入那个缝里，可是每一次，地铁开门时，情形都混乱得像实验室爆炸，不由她控制。

手机还是掉进去了，在人群的吵闹声中，她的手机跌入了那个深不见底的井渊之中，等人流散去，她独自蹲下来，继续观察那条缝，地铁的工作人员在后头喊："排队，排队，挤不上去的别挤了，下一班马上就来了。"

她很想跟工作人员说她的手机掉下去了，可是总有一股洪流挡在她和工作人员之间，她说话的声音也被其余人嘈杂的嗓门压下去，在地铁里，每个人都无助得像荒原上的小兽，只是大部分人都见怪不怪了。

她在两个声音之间摇摆：要么，在这里大喊一声，像个疯子一样地昭告天下，说她手机掉下去了，声音一定要振聋发聩，闹得好像有人跳轨自杀一样；要么，就这么若无其事地退回排队的人群，跟在那些丧尸般的上班族后头，乘下一班地铁去上班，就像往常一样。

老实说，人很容易向惯性妥协，要不是她上个月底刚换了新手机，她可能就这么木然地坐上了下班地铁，可现在，不成了，她损失的是七千块大洋。她继续蹲在那儿，注视着那条缝，仿佛看得久些，手机就能被她的目光吸上来。

很显然，她错了，她不但没有把手机吸上来，索性连自己也丢进去了，她开始头晕，她经常头晕。在这个陌生的城市加班加点，吃了上顿没下顿，低血糖是正常事，她开始尝试控制和适应这种头晕，很不幸，她还是晕了。

醒来的时候，四周一片漆黑，她摸了摸自己的衣服帽子舌头指头，很好，一个都没掉，她坠入了一个真空的黑洞里，仔细听，远处还有呼呼一样的旷野风声。

灯光渐渐亮起来，不远处的风口处，一个身着旗袍的女人背对着她，在抽烟，女人的声音突然响起来："你想想……"还伴有回音，"想"声一直在回荡，她不知道想什么，在这个城市待久了，她根本没空思考，想什么，想多了头疼。

"你想想，你大概是哪一年来北京的？"女人把烟掐灭了说："哦，我忘了，你现在还不喜欢抽烟，也不喜欢闻烟味。"

"你是谁？"她脑里的线索缠成一团乱麻，疑问打了结，她的脑仁更疼了。女人依旧背对着她，"我是谁不重要"，声音斩钉截铁。

她是五年前来到这座城市的，一毕业就来了，一丝犹豫也没有，她对逃离故乡有一种与生俱来的执着，一旦翅膀硬了，立刻就扑腾扑腾飞了过来，至于是跌入沼泽还是头部坠地，她是不管的。

但现在，情况不一样了，混了五年，存款五位数不到，一交房租就觉得雪上加霜，工作不怎么样，长相不怎么样，没有男友，回到家乡也找不到好工作，等于死路一条。她觉得自己的身份太尴尬了，时时都想钻个洞钻进去，逃避母亲的责骂，逃避生而为人的种种责任。

"这是哪儿？"她无望地问。但凡一个人来到陌生的地点总会思考"我是谁、我从哪儿来、我要去哪儿……"

"你觉得这是哪儿，就是哪儿。"旗袍女人没有挪动身子，像一具木乃伊石化在黑暗尽头。

她懒得理旗袍女人了，唯一的光源像萤火虫一样飘忽不定，她想出去，她困住了，就像飞蛾进了一个灯罩，她的唯一目的是出去，哪怕撞得头破血流。

"你不是一直都想找条缝钻进去，再也不出来吗？现在给了你机会，你又要跑出去，跑出去干什么？"

"我要上班，我上班马上就要迟到了。"她的声音带着明显的哭腔，她明明不想上班，但是公司所在的摩天大楼如同磁铁一样，每天把她从家里吸过来，吸过去，吸得久了，她觉得她必须上班，不上班会死。

许多年前，她遭遇过一场车祸，在医院醒来时她误以为自己遭人绑架，所有的无意识凝聚成一句话——"我要上学，我要上学。"穿白大褂的医生笑成一团，他们从没看到过一个受伤的还要坚持上学的小病人。

她一面敲墙，一面想着公司的打卡机马上就要跑过上班时间，心里的恐惧像乌云，聚在一起就不肯走了，汗在额头上跑来跑去。

"你别乱敲，求你了，你别敲了，敲得我头疼。"那个旗袍女人总算从阴影里走出来了，但她的头并不是人类的头，而是一个巨大的兔子脑袋。

她吓得跌坐在地，兔头女人手忙脚乱地上前安慰："你不乱敲不就完了吗，我也不会出来吓你了，你乖乖听话，每天在规定时间内完成这里的工作就能出去了。"

"工作？"

"对，工作。"

"什么工作？"

"跟你在上头做的差不多的工作。"

兔头女人套上围裙，从黑暗中推出一台缝纫机，愉快地一跃而上，兔头女人操作缝纫机的样子让她想起她的奶奶。大概是四十年前吧，她奶奶就是一名纺织厂的女工，每天准时上班，准时跳上缝纫机，准时耗完手里的线和布，再准时下班，活得不能再准时。

"我不会，我没有缝过东西……"小时候她跟奶奶学过缝纫，但她心不够细，缝个什么总是粗糙，那些不完整的走线总像外科手术的伤口突兀地挂在那儿，平时倒也没什么，只是有一次体育课时，她带着自己亲手缝好的沙包参与战役，结果呢，结果沙包漏沙了。

"你看看吧，我就说你做事不认真。"她奶奶接过沙包补了补，沙包的伤口愈合，再也没有崩开过，她觉得自己可能没什么缝纫的天赋，后来就再也不碰线和针了。兔头女人的命令逼迫她重新拿起针线，她走过去，感到自己像当年漏气的沙包，什么都完了，泥沙俱下。

"说真的，这个不难，你来踩吧，你平时不是喜欢抖腿吗？你的心里就住着一台缝纫机。"

她苦笑，她觉得这个段子一点都不好笑，她为什么喜欢抖腿，还不是无聊。在兔头女人丑陋的三瓣嘴的威胁下，她终于不情愿地坐上了缝纫机，就像她的奶奶当年那样，生在厂里，死在厂里，她离开家乡时十分决绝，她觉得自己已经和家族所有人的命运一刀两断了，尤其是她的奶奶，从她五岁时她就发誓，绝不能像她奶奶一样，在一台缝纫机上度过一生。

来到北京后，她找了一份广告公司的文案工作，每天加班至深夜，虽然不用踩缝纫机，但工作时间比踩缝纫机还长，看起来也没有她爷爷当年干的活儿那么辛苦、那么累、那么丑，但本质也没什么好的，照样得对领导和甲方卑躬屈膝。

她突然觉得在上头写文案和在下头踩缝纫机是一样的，那就踩吧。

机械化的动作像个钟摆，摆来摆去，兔头女人渐渐昏睡下去，歪斜在一边，靠着墙壁睡着了，缝纫机上的人陡然精神一振，"机会来了"，她拿一根绳子拴住缝纫机两端，让踏板自己动起来，而她自己则悄无声息地离开了缝纫机。

兔头女人睡着之后，洞穴内开始下雨，其实也不是雨，是人类垃圾在瞬间涌了进来，都是扣子，一堆堆木扣子、铜扣子、贝壳扣子，齐齐落下来，堆成一个小山包的样子，扣子们蹲在角落，像一颗又一颗黑色的眼珠，在蹑手蹑脚经过的刹那，她觉得其中一颗扣子是不是活了，好像正盯着她看。

顾不了这么多，逃生更重要，她重新开始东敲西打，像一个刚来地球不到一天的史前人类，调动所有的原始好奇心来应付这个洞穴，她敲来敲去，墙壁都岿然不同，如来佛祖的五指山也不过如此吧？她精力耗尽，累得气喘吁吁，不得已，也捡了个石块坐下来，她坐下来的那刻就发现事情不对了。

石头上写了一行小字，一行日期，日期是二零零九年八月七日，她不知道这一天有什么意义。

她推开石头，石墙翻了个跟头，空气开始潮湿起来，最先捕捉到她的是饭菜的气味，她努力朝那个暖光下的饭桌走过去，饭桌上了年纪，腿有些瘸，油漆斑驳，坐在饭桌边的两个人，她很熟悉，是她的父母，她们认识有二十五年了，她趴在玻璃窗上，喜极而泣，在北京遇到困难时，她常想缩回家乡，缩回那个饭桌，缩回母亲的子宫，她想走过去，抱抱父母，假装自己是个婴孩。

她努力回想二零零九年八月七日那个傍晚发生的一切，那时她刚大学毕业不久，像只无头苍蝇似的在人才市场乱转，奶奶摸着她的头说："你终于长大了你可以去工厂上班了。"而外公则一边看国家新闻一边说："你去学一下计算机吧，听说好就业。"她的母亲呢？在厨房里搅拌着鱼的尸体，没好气地说："我不想管你，你爱干嘛干嘛。"

许多年后，在夜深人静的北京街头，她总想把时钟拨回离家的那一天，就在那一天，不要离开，像许多同学一样烂在家乡，父母说什么就做什么，别让别人对自己的人生负责，自己也不要负责。

回忆隔断了去路，她开始畏首畏脚，她终于发现那个洞穴的好处了，她像只兔子一样钻进去就不用管人间发生了什么，就像一个奄奄一息的绝症病人，所有的力气都拿来和死神搏斗，只要别人影响了她，她立刻就可以控诉，她还是个病人。

现在也一样，她是一个掉入了洞穴里的人，卡在过去与未来的玻璃鱼缸里，鼓着自己熬过夜的大黑眼圈，虎视眈眈地望着窗外的一切。她变成了一条鱼，待在玻璃缸里，而她的父母则面对面，木然地吃着饭。

她的爸爸有个习惯，在吃饭之后给鱼儿加点饲料。现在，那个曾经把她驮在肩上的男人走过来了，她想用手猛锤玻璃窗，但她没有手，没有脚，没有四肢，只有一条鱼尾巴，迫于无奈，她疯狂地摇摆下肢，然而并没有什么用。她把尾巴摇掉了，尾巴顺着水流坠入鱼缸底部，一群小鱼涌上来将尾巴咬了个稀巴烂。

他的父亲望着她，望着变成一条鱼的她，眼底闪过一丝悲悯，"唉，别挣扎了，你就是喜欢折腾……"

她的眼泪就这么滑下来了。传说中鱼是不会哭的，鱼的眼泪总是要汇入大海之中。哭没有用，她感到绝望，是她不听兔头女人的话，不听爸爸妈妈的话，不听所有人的话，先是孑然一身去了北京，然后孤零零地掉进了地铁的陷阱，最后落入了这个巨大的鱼缸。

她转过身，奋力一游，她想向上游，上方有条缝，从那条缝出去就行了，回到那个秩序正常的世界里，但沉重的水压迫着她的身体，像地铁里每天吞吐的人流，把她的肋骨、胸骨、头骨挤压变形，怪兽咬住了她，囫囵吞枣地咀嚼一番，然后将她连皮带骨吐出来。

她闭上眼，打算放弃。冥冥之中，她感到一双大手将她打捞起来，她离开了湿漉漉的世界，睁开眼，兔头女人正望着她。

"不是叫你别到处乱跑吗？你待在这儿不是很好吗？你想不通的事也不用想了，没人找得到你。"

"人啊，总是要吃点苦头才肯学乖。"兔头女人将手中的铁铲扔给她，笑眯眯说："你，把这些扣子，哦，不，眼珠子，铲一下，扔进粪坑里。"

她朝角落处瞥了一眼，那些扣子果然活了，变成了眼珠，一个挨着一个，像瑟瑟发抖的冬日旅人，挤在一起，你望着我，我望着你。

"非要这样吗？"握着铲子的手抖成筛子了。

"这是惩罚，是你先违规的。"

她闭上眼，将那些扣子状的眼睛铲起来，凭着仅剩的知觉，将铲起来的眼球扔入一个深不见底的黑洞里，她不知道那些眼珠的命运是什么，也不知道自己的命运是什么。

这样的重复劳动经过了一个白垩纪那么久，她累得不行，手足濒临废掉边缘，这样的情形和待在那个鱼缸里也差不多，她满头大汗，觉得心里空虚，这种空虚可能是从胃开始的，空旷的回音砸落在五脏六腑。

"好了，你可以休息一下了。"

兔头女人的话令她如蒙大赦，她从缝纫机上扯下一块布，擦了擦额头的汗，想着接下来还有什么繁重的劳作等着她，不过如此，下头和上头一样，所有东西都上了发条，就是运转、运转、运转，世界是一部巨大的缝纫机。

"好吧，我来教你吧，其实墙壁很柔软，像一团棉花，如果你害怕掉进回忆，你可以把它们缝起来。"兔头女人将针线再次交到她手中，她蹲下来，拍了拍坚如磐石的墙壁，果然，那些地方像烤过的棉花糖一样，柔软起来。

"找到那条缝了吗？"

"找到了，我找到了。"她将针插入柔软的墙壁，像小时候第一次学缝纫一样全神贯注地缝起来，她突然觉得自己掌握了生活的主动权，虽然命运总有开缝的时候，但是现在她有针了，她看到了缝，把缝缝起来就好了。

可惜，这一切终究来得太晚，兔头女人似乎压根不愿放过好不容易得来的奴隶，在她缝针的时间内，兔头女人准备好了绳索，她被捆了起来，现在终于像人质了。

"把我捆起来干嘛？"

"捆起来，我就能安心睡觉了。"

她突然觉得好笑，兔头女人和她老板一模一样，用一些无形的东西把她捆起来，让她像个螺丝一样钉在发条上乱转，而指挥者则高枕无忧，沉沉睡去。

"好吧，你睡吧……"她的眼神交了白旗，兔头女人很兴奋，耳朵一动一动，三瓣嘴开得像朵花儿一样。

这里没有夜晚，兔头女人的入睡预示着深夜的降临，绳子已经无法阻挡她了，她觉得这么下去没意思，既然已经坠入了深渊，不如就和命运一拍两散。

她鼓起浑身的力量奋身一跃，只挪动了大概一厘米，因为跳得太高，她整个人夸张地摔下来，像个瘫痪的老人硬要测试四肢的活动能力，她没有放弃，她继续徒劳地聚集着所剩无几的力气，第二跳，还是很短的距离，她连个跳远的小学生都不如，第三跳，她彻底粉碎了失望，她重重砸在地板上，头破血流，血流得满脸满身都是。

"不要费劲挣扎了。"兔头女人半眯着眼说。

她想起鱼缸外父亲悲天悯人的眼神，又想起小时候奶奶教她的话："听大人的话，乖一点。"

"都滚开吧！"她在内心嘶吼，索性像个勒紧缰绳的骑士，掉转了马头，她朝缝纫机走去，缝纫机上有剪刀，所以很危险，一不小心就会割断动脉。

她努力保持着身体的倾斜，用剪刀剪断了束缚全身的绳索，又从缝纫机边拿了针与线，这是第四跳。她纵身一跃，手攀住了那条地铁的缝，再努力一些，她终于嗅到了上边的空气。

她拖着伤痕累累的身体，进了地铁，过去的每一天，她都这样负伤前进，但今天不一样了，她突然意识到那条缝没什么可怕的，毕竟，她可以将这些一并缝起来，"再也没什么能将我拽入深渊了。"她想。

/ 漂流瓶 37 号

我有严重的恐海症。

十二岁那年，我从老屋的门缝后偷听到曾爷爷死于一场海难，当时一同出海的有十二个人，其余十一个人都完好无损地回来了，只有曾爷爷，他消失了。

回来的人说，曾爷爷这一辈子就不该碰海，碰了就是死，我的曾爷爷姓陈，名舟，他们说："陈舟，就是沉舟。"舟都沉了，人当然会死，他不该跟着去凑热闹。

我叫陈不沉。我爷爷说，"不沉，就是永远沉不了的意思。"我说："不对，沉还是不沉，这是一个问题。"十岁那年，家里人送我的生日礼物是救生圈，他们希望我会游泳，能征服水，征服海，打破魔咒。

很不幸，我家三代单传，统统不会游泳，更不幸的是，我交的第一个男友，是没有水就会死的游泳健将。

他有两个酒窝，一排皓齿，六块腹肌，他拉着我的手，鹿眼里幻化出一片汪洋，他说："不沉，我们去海边玩吧。"我瑟缩地收回手，我说："不去，不去，我怕海。"他说："没关系，有我在。"

他说，"如果你爱我的话，你也应该爱大海。"

很不幸，大海我是去了，人，我弄丢了。那天早晨，夕阳如碎金铺在海面上，我的男友早早就出去了，而我还怯怯躲在酒店里，等我酝酿了足足一个钟头，终于鼓出勇气冲向海滩时，迎接我的那一幕让我彻底搁浅——眼前的两个人浓浓叠在一起，活像融化的巧克力酱。

第二天他就跟我分手了，他在海边寻觅到了新的爱人。我说过的吧，我有恐海症，自此之后，症状越来越严重，以至于我看到"海"这个字都能分分钟晕厥过去。

后来我又陆陆续续交了一些男友，不知为何，他们像远古时期就组建起来的卧底联盟，统统在交往了数月后露馅。有一个是海洋地理学家，起初，他并未暴露身份，可到了他家就不一样了，那天是深夜，屋子里极暗，我们喝了点酒，并未开灯，在床上翻江倒海了一会儿之后，我突然嗅到一丝不妙的味道。

是海，是海的味道，我挣扎着拧开床头灯，一屋子的贝壳与水生动物骨骼骇了我一大跳，我眼前那个半裸的男人活像是一条尾巴不停摇摆的美人鱼，不，是儒艮，他的面目越来越模糊，越来越模糊，最后只剩下一张血盆大口。

他的床单腥气扑鼻，像鱼虾蟹等等长年累月混在一起的味道，我甚至担心床底下会爬出什么张牙舞爪的螃蟹，整个屋子就是一座巨大的海洋馆。

我走了，匆忙收拾好衣物，落荒而逃。

分手后，他一直苦苦哀求我，他说他只是不想让我感到为难而已，可对我而言，欺骗便是死罪一条。我心里有个结，有的人直接打了个死结，将我孤零零扔在一边，有人偷偷将绳子藏在一边，但这些，统统解决不了问题。

我的海，依旧是我的海，让我恐惧不已的海。

为了逃避大海的追杀，我决定离开这座生我养我的城市，临行前闺蜜送了我一个海螺，她说，"想家的时候，可以听听海的声音。"我把海螺礼貌地压在箱底说："你知道我怕海的。"

你得克服，你不能永远这样。

所有人都是这句话，我是不容于世的异类，有钱人要一掷千金将家变成海边别墅，新婚燕尔的爱侣度蜜月必选有无敌海景的岛屿，就连翅膀没长全的小孩都想选在海边谈恋爱，偏偏只有我不喜欢海，我是十万分之一的恐海患者。

G市没有海，但多雨，雨下得久了，城市变成一座巨型游泳池，路过的行人面色都肿胀起来，且微微发白，我读不出这是冷漠，还是习惯。我住的地方窄小如浴缸，挪不动身子，为了尽快换所大房子，我终日奔波，马不停蹄。

我开始渐渐明白我为什么不喜欢海，因为海是震怒，是暴风，会将你身边的一切卷走，卷走衣服、卷走人、卷走命。雨就不一样了，我喜欢下雨，你不知道雨能送来什么。

后来的很长一段时间内，我相信Z是被雨送来的。他没有身世，没有来历，像一阵风，刮到我的屋顶，停住，顺着水管，爬上来，变成人形。

我遇见Z的那天，忘记带雨伞，回到家时早已冻成瑟瑟发抖的小兽，屋内的灯光第一次有了明暗的变化，他捧着一碗热气腾腾的面出现在我的面前，那时我已经连续吃了一个月方便面。

"来吃饭吧。"他笑脸盈盈，熟得好像他从娘胎里就认识我，我摆摆手，娴熟地掏出钥匙，逃到门外，再给铁门来了一个坚不可摧的反锁。

"你是谁？"我瑟缩在猫眼边问，"不说的话我要报警了。"他贴在防盗门的另一侧，声音温柔——"我不是坏人，我是来救你的人。"

简直可笑，虽然我不觉得自己有任何被人图谋不轨的可能性，但也不排除一个廉价的连环杀手冒着雨从窗户外头爬进来要将我列为下一个残杀目标。

我索性在深夜里展开另一次逃亡，伞都顾不上拿，直接朝离家最近的快捷酒店奔去。凄冷的路上连路灯也没有，黑色的雨水吞没了一切，有时像在岸上，脚还能带着身体朝前跑，有时又像在海中，下一秒就要溺亡。

然而我终究没有等来温暖的灯光，我还是溺亡了，或者说，接近溺亡，我掉进了一个伸手不见五指的地下通道里。通道里没有臭味，倒是时不时传来海浪般的风声，仿佛有一双看不见的大手在尽头煽风点火。

"过来，你站过来一点。"

黑暗中忽然亮起微光，是刚才那个男人，那个名为 Z 的男人。

"我不是说了我是来救你的嘛，你为什么要乱跑。现在我们都困在这里，出不去了。"他的表情有些沮丧，但看起来又不是全无办法，恐惧像夹心面包一样吞了我，我被夹在中央，等着坠入血盆大口。

"现在，我有一个好消息，一个坏消息，你要听哪个？"他歪着脑袋，笑了笑，有点瘆人，像那种尚未成形的金属模型。

"好的吧。"

"好消息是我们暂时还不会死。"

"那坏消息呢？"

"我们可能马上就会死。"

死亡的恐惧瞬间吞噬了我，像溺海之人最后的挣扎，眼泪还是不争气地排队流下，Z 不知道从哪里变出一个杯子，将我的眼泪全部接走。

如果此刻有人将这个洞穴钻个小孔，应该会看到无比怪异的一幕——衣衫不整的女子正在拼命哭，身边的男人却将她当成水龙头，接一会儿眼泪，喝一会儿。

"挺好喝的，你的眼泪味道不错。"他的表情好像在评价一瓶年份久远的葡萄酒。我哭得累了，索性蜷缩成一团坐了下来，一地冰冷，但别无去处。

巨大的海浪声不时拍打着洞穴壁，Z 也坐下来，把空纸杯扔到一边，他说："你知道吗？其实我们现在在一个漂流瓶里。"

"漂流瓶？"

"对，漂流瓶，漂流瓶是在中世纪被发明的。就在今年的四月，一对老夫妇在德国北部的阿姆鲁姆度假时捡到了一只漂流瓶，他们打开瓶子看了一眼纸上的日期后，不约而同地发出了感叹——这个瓶子竟然在海上漂流了约 108 年之久。"

我根本不想听什么漂流瓶不漂流瓶的，我只想回到我那个乱糟糟的窝里，再吃上一碗生无可恋的泡面，仅此而已。我贴着洞穴的墙壁，把视线转向另一边，那里犹如茫茫无边的大海，摄人心魄，你不知道前方有什么，或者暗礁或者宝藏。

"当年，你的曾爷爷就是为了去投放一个漂流瓶，他希望那个漂流瓶能漂到很远的地方，遇见他那个远走他乡的兄弟，他的兄弟就在海的另一边，他几次投放漂流瓶都失败了，后来他想，会不会走得更远，就能让瓶子漂得更远。"

"后来他还是失败了……"

我摆摆手，示意 Z 不要说下去，说来奇怪，为何这些人像漩涡一样，逼我直视大海，直视曾爷爷的死呢？我不过是想找条船逃跑罢了。

Z 把我的手从耳朵上移开，声音温柔，说的话却越发残忍——"我还要告诉你一些真相，你的第一个男朋友并不爱你，你也不爱他，你看上他只不过因为他四肢发达，可以保护你，他看上你，只是觉得你够乖，够听话，你以为他能帮你征服海，他却把你推向海。"

"你的第二个男友更过分，直接欺骗你，他声称他讨厌海，还在约会时喷廉价香水掩饰自己身上的鱼腥味，其实就是想跟你上床而已。"

如果爱情不能解决心中深埋的恐惧，那每一次不过都是对安全感的暂时麻痹。

　　来到 G 市后，我彻底断了恋爱的念头，没有人能帮我解决"海"的问题，我也只是别人的一个"工具"，有时是为了爱，有时是为了性，有时可能只是为了看电影时那一包无人分享的爆米花。

　　Z 再度让我声泪俱下，巨大的创伤阴影扭开了我的眼泪阀门，他重新拿出一个干净光洁的纸杯，开始打捞我的眼泪。我边哭又边想笑——"你来找我，就是为了喝我的眼泪的？那你跟其他几个人有何分别？消费我的灾难，消费我……"

　　"不，不，不……你误会我了。"他指指杯子，又指指外头，"你想象一下，外头电闪雷鸣，狂风暴雨，我们俩在一个漂流瓶里，不，就假设在一条小船上吧，如果你哭得太凶，整艘船装满了你的眼泪，我们会怎样？我们会沉啊，会死在海上。"

　　海的呜咽和我的哭声几乎在同一时间停止，我被吓得打了一个嗝，感觉自己把一辈子该哭的都哭完了，但仍旧困在这个深深的洞穴，或者什么漂流瓶里。

　　淡蓝色的微光在幽暗的洞穴里亮起，我循着光线望去，看见 Z 的手臂上有一块铁盘，上面印着一行字——"漂流瓶 37 号"。

　　"漂流瓶 37 号？"

　　"嗯，我也是一只漂流瓶，漂到哪儿算哪儿，我漂了很久了，在漫长的旅途里，偶尔也遇到过打捞我的女人，她们把我拧开，看一看，看不懂，又重新扔回大海……"

　　"我也不懂你。"我的声音低进尘埃中，与其说他是一个活生生的男人，不如说是长着一张假脸的百科全书，你可以从里头知道世间万物，但就是读不出任何感情。

　　"那你也挺可怜的。"

"我不可怜，这是我的工作而已。未来，有很多女人跟你一样，恐惧恋爱，不愿恋爱，我们被发明出来，和你们谈恋爱，每个人都有定额，完成了才能回去，完不成就待在海上，继续漂流，直到烂掉为止。"

他说得很轻巧，仿佛在说别人的身世，我从洞穴的裂缝边窥到他受伤的手。"你过来，我帮你包扎一下。"我撕开袖子的布，学着电视剧里的样子手忙脚乱地包扎起来。

洞穴里阴暗而湿冷，除了那点幽蓝的光，再也没有温度，像住在冰箱的冷冻室里。他又拉拉我的手，一把将我揽入怀中，"过来"。我靠在他的胸膛上，第一次感受到温暖，那是不同于什么结实肌肉或满腹才华的虚伪玩意，那就是一团火而已。

"不好意思，我可能不能烧太久，我已经有点老化了，如果待会儿我突然当机了，你也不要害怕，你再待久一点，就会有人来救你的，我已经向外发出求救信号了。"

我猛地缩回身体，"没事没事，我不要紧，你还是把电量调低一点吧。"

"你看，我只是一个机器而已，你不用对我温情脉脉，我们认识也不久……"

"你闭嘴，我知道你为什么每次都被女人抛弃了，你根本就没有用人的思维在谈恋爱，别人当然不会珍惜你。"

"实验研究表明，科技越发达，人类越自私，男人与女人已经无法达成包容，也没有婚姻一说，每一个人都是一座孤岛，只有我们这样的人，不像人的人，才能挽救这一切。"

洞穴骤然开裂，一条细缝长了出来，海水以极度缓慢的速度倒灌进来，相信不用多久，等裂缝越来越大，我们两个人都会溺死在里头。

颠簸越来越剧烈，东西南北全部移了位，我像潜入一个万花筒中，在不停旋转的过程中，偶尔看见曾祖父的脸，偶尔看见前男友的酒窝与蝙蝠般的肩膀，但唯一没有变的是中心那一点银蓝色的光与"漂流瓶37号"这行字。

现在，我半边身子泡在海水里，非常冷，渐渐地，身下多了一个柔软的气垫，那好像是一个人，又好像一个沙发，但更像是一双巨大而温柔的手，在狂风的呜咽与海水的阻截里，我第一次觉得被爱原来是这种感觉。

我昏昏沉沉睡去，像婴儿缩入母亲的子宫，泡在水里，呼吸着海，那一夜格外长，比我前二十五年所经历的生命总和还要长。

第二天醒来时，我趴在细软的沙滩上，睁开眼，眼前是无边无际的大海，半截漂流瓶戳在白沙之中，里头有一行荧蓝色的字——"漂流瓶37号"。

/ 消失的可可

可可的消失，闹得满城风雨。

说起来，这起失踪案其实早有预示，据我妈讲，当天早晨，一贯在鱼缸底部逡巡的那只花斑小鱼突然断了气，鱼的腮喉处有一道小的伤口，而这只小鱼平时最喜悬浮在鱼缸一隅，和可可对视。

而那天的下午，说好的广场舞团突然在刹那间分崩离析，领舞老师心脏病发，送了急症。广场舞团的解散彻底破坏了我妈的生活节奏，而花斑小鱼的死亡则打乱了我爸的步伐，一整天里，他们都有些不知所措。

"别急，别急，你慢慢讲，你说一下当天发生的事情。"我妈在电话里激动得上气不接下气，为了安抚她，我希望她能讲讲当天究竟发生了什么。

退休之后的老人，生活大抵相似，不失眠的时候，他们通常都在七点钟醒来，醒来后，去南方小城特有的早点摊吃一碗米粉，偶尔是面，或者别的什么小吃，接着，她会拿上环保袋去菜场里买菜，她会斟酌菜的分量，因为家里只有两个人，买多了，菜剩了，不好。

这个时候，可可还在睡眠之中，可可每天都要睡很久，据我妈讲，我小时候也是这样，刚出生的婴儿总是能睡足二十个钟头左右，只醒堪堪四个小时，醒来就嚎哭不止，我在电话里抱怨："妈，说重点，这个事情你已经跟我讲了好多次了。"

"也就是说，其实在中午之前，可可都足不出户，从未离开过家门。"

162

我把电脑里的《神探夏洛克》按了暂停键。

"对，对，早上还好好的，早上它还在家里头。"

那下午呢？下午究竟发生了什么？

下午是一天中至为空虚的时光，菜已经买好了，广场舞团尚未启动，电视节目尽是重播，而我妈也没有午睡的习惯，这个时候，她通常都会等待和她好了十多年的闺蜜一起，出去逛街，买一些没什么大用的东西回来，超市是她们的第二个家。

离开家的时候，她本该叫醒可可，可那天，她忘了，因为她的闺蜜说超市正在打折，所有人都在抢货，让她赶紧出门，于是，我妈就这样锁好门，投入了汹涌的人潮里。

上了年纪后，我妈开始非常在意她闺蜜的身体状况，在她眼里，她们所有人都是一条绳上的蚂蚱，只要有一个人出了差池，其余人便摇摇欲坠，继而从整个链条上掉下去，而这一切的罪魁祸首便是我——一个一毕业就离开家的我。

我不敢想象我不在家时我妈都是怎么过来的，因为每次给她打电话，她都喜气洋洋，就连训斥我的语言都难掩喜色，唯独这次，唯独可可失踪的这次，她在电话里的每一句都带着哭腔。

"妈，没关系的，世上那么多可可，我给你再找一个就好了。"

通话记录显示我们俩已经聊了足足半个钟头，一点眉目也没有，我根本都不知道可可去了哪里，"妈，你能不能说重点？"

"重点？"我妈根本就不知道什么是重点，她的意识是流动型的，每一次打长途电话，她都要将她生活里的琐碎点滴一股脑地倒出来，隔壁阿姨的老公出轨，我小学校友嫁人，爸爸的同事开了一间饭馆等等，每一次，我都一边看着视频，一边假装乖乖地听她在讲什么。

有时候我甚至很生气，她为什么要叫它可可，我就叫谢可唯，小名可可，后来我嫌这名字太像狗，便不叫了，公司的人都叫我 coco，我说："妈，你叫我 coco 好不好？"她说："不，她喜欢可可这个名字。"

可可住进我家后便霸占了我的卧室，虽然它需要的位置不大，也不会乱动我的东西，仍旧让我不太开心，那毕竟是盛纳了我童年乃至大学所有秘密的房间，怎么能对外开放呢？当我质疑这件事时，我妈就解释，没关系的，她经常进去打扫我的卧室，可可没有乱动任何东西。

"你小时候也跟可可一样，喜欢乱跑……"

猝不及防地，话题又被我妈跑偏了，更年期后，她碎碎念的毛病不减反增，在这个百无聊赖的下午，我们在相隔一千里的两个地点聊起了我童年那场诡异的失踪，那一次比这次，有过之而无不及。

那一天也是平常的一天，奶奶带我去公园玩，公园里人来人往，到处都是穿着类似、年纪也相仿的小孩，我当时不太会讲话，性格有些自闭，喜欢玩滑梯，爬假山。那天爬上假山后，我忘记叫奶奶，奶奶便以为我失踪了，回家后奶奶向全家报告了这个消息，本就岌岌可危的婆媳关系，瞬间崩塌，我妈发了疯似地通知了附近认识的所有同事、同学，甚至她平时光顾的商店老板等。

那天傍晚时分，人们浩浩荡荡地出发了，谁都知道，谢家的"可可"丢了，人们围着这个芝麻大的小城来回找，钻进洞里，游入海中，对每一尊菩萨祈愿，边找边交头接耳，而那时，我那个才年近三十岁的母亲，第一次感受到了失去孩子的恐惧。

就在暮色褪去，夜色降临时，我妈终于在那座假山上找到了我，平时一贯凶狠的她，第一次激动地哭了，我并不知道究竟发生了什么，甚至觉得我妈会不会因为乱跑而气极打我，但并没有，我妈只是用沾着她咸咸眼泪的围巾裹紧了我的脖子说："冷不冷？"

我瞥了一眼通话时间，已经一个小时了，我约了人在附近商场吃饭，谈事情，有点着急想结束这次谈话。自从大学毕业来到大城市工作后，我总是例行公事地每周给母亲打一次电话，但并没有什么非沟通不可的问题，除了这次。

我妈似乎在央求着什么，我不确定是央求我回家，还是可可回家。

"你等一下，你爸说……可可找到了！"

可可找到了？

就在那天的深夜，整天卖力打扫屋子的扫地机器人可可趁我爸妈不注意跑出去，一个人坐电梯从二十七层到了地下车库。据说，小区物业发现可可时，它正在停车场里特别卖力地打扫一块空地。

"找到了就好，找到了就好。"我没有多余的话可以安慰我妈，我突然想，是不是我买回去的 ipad、手机、台式电脑、微波炉，都被我妈暗中起好了名字，这个叫可可，那个叫唯唯，它们像我四分五裂的肢体，埋在我妈的脑海之中，丢了哪个都舍不得。

/ 童年标本

我注意到你了

——

那个冬天格外冷，但是谁也没烤火。

妈妈看起来依旧很忙，不是打毛衣就是打麻将；爸爸也忙，不是养鱼就是养情人；我也很忙，忙着生病。

生病的时候我需要一条毛巾，但毛巾总也洗不干净，唯一干净的一条挂在窗户外头，第二天就结了冰，还有一条掉在拖把上了，我到处找毛巾，想找条干净的。

我问妈妈要一条干净的毛巾并且一再表示自己会好好爱惜，她的眼皮抬了一下，立刻沉入牌局，"二筒"，妈妈说。我没有看清她指的方向，也不敢问第二次，第二次就是找打了，我蹑手蹑脚地穿过人群，爬向那条我以为的毛巾。

毛巾有些脏，许多黑色的絮状物挂在上头，我的鼻涕真的溢出来了，我没有办法，一开始我用袖子擦，很快，袖子上密密麻麻都被占满了，我闭着眼睛摘下那条脏毛巾，尽量朝干净的地方蹭，我没有嗅觉，也没有知觉，鼻涕像一条河，载着我朝前漂流。

那场感冒终于在大雪来临的那天结束，鼻涕离开了我，但新的东西长了出来，在下巴上，一个深褐色的痂挂在上头，就像之前那些絮状物。我变成了那条毛巾。我尽量掩饰这件事，有时候低着头，有时候用围巾盖住，我去问奶奶怎么回事，奶奶认为没事的，痂这种东西会在春天来临时掉落。

我的爸爸妈妈并没有注意到我的下巴上长了奇怪的东西，这是坏事，也是好事，坏的是只有我一个人注意那块痂，好的是他们不会骂我乱用毛巾。

它像一块胎记深深扎入下巴这片土壤，每天清晨我都要照镜子，新鲜的肉从里头长出来，但又被痂堵住，应该是快好了。我每天不厌其烦地向爸爸妈妈或者奶奶通告痂的情况，但他们依旧各得其乐，打毛衣、打麻将、养鱼、养情人，或者呼呼大睡。

我宁愿妈妈打我一顿，打完了告诉我那个长出来的东西是什么。我想去医院，可是我没法独自去，我忧心忡忡却又装作什么事情都没有发生。

寒假即将结束的时候，学校在校外举行了一场考试，同学们蜂拥而至，互相交流着寒假的见闻，我偷偷低下头，将下巴上的那块疤用口罩堵住，所有人都欢欣雀跃，脸上挂着笑容，只有我陷入沉默里。

突然，有个人喊我的名字，一个男生，我跟他并不熟，他指着我，指向我下巴处那块疤，"天啊，你下巴上长了个东西。"我的泪水莫名溢出来，不知道是恼恨他招来了同学们猎奇的目光，亦或仅仅是因为——终于有人注意到我了。

在动物园里长大

————

那时既没有商场，也没有游乐场，只有一座动物园。

动物园里有熊山、老虎洞、象馆，妈妈怀孕时常绕着动物园一圈一圈走，走着走着，我就顺利从她肚子里滚落出来。我出生那天，动物园里的宝贝大熊猫也刚好产子，生了两个，活了一个。

我一直不会叫爸爸，也不会叫妈妈，但我会模仿各种动物的叫声，鸟类、猿猴或者狮虎，外公说，这么下去不是办法，于是他把家里的窗户全部加固了，试图阻拦动物园里传来的各种声音。

但我仍旧没有学会人类语言，这让全家愁眉不展。我不会说话，但其余正常，会吃，会喝，会闹，极度调皮。去医院看过，但医生没有办法，让家人带我多看看电视，自那日之后，我每天都对着电视机苦坐。

外公养了一只八哥，八哥会学人说话，外公讲"欢迎光临"，八哥也讲"欢迎光临"，它的学习能力极强，一下午就能学会"你好，谢谢，再见"。我坐在八哥旁边，却什么也学不会，有邻居来我们家打牌，不经意说："你们家外孙不爱说话，比八哥还安静。"话音未落，全家一片安静，没人说话，好像我们全家都是哑巴。

外公也渐渐哑掉了，退休后，他再也不能在酒桌上唱歌，也失去了发挥舞台，他经常和我一起坐在家里，对着电视，电视里的人像树上知了，

170

一刻不歇地分泌语言，而我们只是静静坐着。

外公一直试图搬家，让我们全家搬离动物园一带，可房价越来越贵，福利分房早被取消，我们只能和动物园待在一起。有邻居说，动物园好，人口低密度，空气好，晚上还能去散步，但只有外公知道，他已经厌倦了做一头动物。

渐渐地，外公不再盼望我开口说话，他开始浑浑噩噩度日，他说动物园里有了新的娱乐项目，问我去不去，我点点头。外公带我来到动物园的外围，我看到一群白色山羊，它们胡须很脏，眼神涣散。外公掏了五块钱给卖票的人，那人露出黄色板牙笑笑说："一块钱一圈，五块钱五圈。"外公点点头，示意我走进羊圈中，我步入羊圈，只闻到一股臭味，工作人员把我领到一辆羊车上，给了我一根鞭子。

我不敢拿鞭子抽羊，羊也不敢看我，我不打它们，它们就不跑，在原地拉屎或站着，外公隔着一道木栅栏不停喊："快赶啊，快赶啊！"我摇摇头，轻轻吐出三个字——"我不会"，但这三个字很快消失在羊的叫声中。外公继续催促："快赶啊，快赶啊。"而我还是坐在羊车上，一动不动。许多年后，外公去世了，脸上还是那种恨铁不成钢的表情，我不知道是我错了，还是羊错了，或者别的什么。

我们全家住在粪池里

——

星期天的下午妈妈不在家，去哪里了我不太清楚。

我第一次拥有了化妆桌，指甲油在右侧，口红在左侧，整个家都是我的了，空调是我的，电视是我的，床是我的，床单也是，包括床底下那个痰盂都是我的。

我再也不用听妈妈的指挥了，我想开空调就开空调，想开电视就开电视，想拉屎就拉屎，虽然这么说显得我平时像个奴隶，但我的日子也不比奴隶好过多少。

前一天的下午四点我一不小心弄洒了烧开水的壶，沸腾的液体落在我的脚上，脚立刻就不是我的了，妈妈没有扶我起来，她只是叉着腰吼："叫你不过去，你偏要过去。"她平时也这么吼爸爸，但爸爸只是垂着头，不停地抽烟，抽得家里乌烟瘴气。

我说："雾太大了，妈妈，所以我没有看清烧水的壶在哪个位置。"妈妈说："你跟你爸一个德行。"

妈妈今天不在家，这对我来说是个好消息，她大概晚上才会回来，她回来的时候总会把楼梯踩得大响，听起来就像楼梯在哀号一样，在她回来之前我会关掉电视机，把指甲油塞到左边的抽屉里，把口红放回原位。

现在，我要享受这短暂的放肆时间。

我吃掉了半截口红，拥有了一张血盆大嘴，指甲油倒了，像一座被摧毁的铁塔，歪倒在一边，整张桌子都废了，恐惧顺着艳红色的指甲油爬向我的眼底，镜子里的人，左边像妈妈，右边像爸爸，就是不太像我。

我想"完了，妈妈回来要打我了，我毁了她唯一的牌坊。"索性，我倒在了床上，把毯子变成披风，在床上跳起来，床变成了游乐场的蹦床，花花叶叶从屋外蔓延进来，树枝如同一只手缠着我向前走。我下了地，赤着脚，跌跌撞撞，毕竟脚伤未愈。

有时候你碰翻了一个开水壶，接下来是一杯水，然后就会是一个人，而现在，我碰翻了家里的痰盂，那种温热而又臭气冲天的东西就那么铺展开来，我别无选择，妈妈要回来了，我拿纸巾将污秽的物体慢慢移走，我是一个忠诚的搬运工，仿佛把这些搬出去，家里就干净了。

但家里总也干净不了，依旧有臭臭的气味，我索性拿妈妈的香水喷起来，香味与臭味混合交织在一起，变成更恶心的气体，那就像爸爸和妈妈，他们有时感情很好，"你爱谈天我爱笑"，有时又很不好，各自私藏一段隐秘，妈妈去打麻将时，总与隔壁的叔叔暗换眼色；爸爸出去玩时，动不动和对门的阿姨跳起交谊舞。

他们说，这就是婚姻生活，这就是大人的生活，这就是你和我。

妈妈很快就回来了，爸爸会在妈妈回家之后再回来，我们一家人相安无事，毕竟，只是碰翻了一个痰盂而已，但那些污秽的气体早就躲进了墙壁之中。

妈妈回来之后并没有因为我弄乱房间而骂我，她说，这只是小事，但因为我把她的梳妆台弄得乌烟瘴气，她依旧愤怒地掌掴了我。那个红红的胎记一样的掌印一直跟了我一个月，就像这屋子里的臭气，隐晦不散，结结实实地飘了一个月，那感觉就像我们全家住在粪池里。

/ 吞纸人

吞纸人的胃近来越发细腻了，比起第一次睁开双眼啃到的书简，他的胃更喜欢现在的碎片，五光十色泛着诱人光泽，奇形怪状而包罗万象。

可他不喜欢，他总是皱着眉头喊饿。他犹记得，自己生在浩浩荡荡的春秋战国，诸子百家，蔚为大观，烽火连天，他穿过戈矛箭林，穿过七雄争霸，他扑到那些竹简上就狠狠咬上一口，起初嗑牙得要命，吞咽困难，他为此消化不良了许久，然而当那些篇章字句经过消化融入了血脉肺腑之后，他顿觉身轻如燕，身心舒畅。再然后，一个不小心，他望见汪洋火海，秦始皇焚书坑儒，他望着那些美妙的食物在烈火中炙烤，心如朽木。

罢了罢了，他坐在历史的车轮上，觉得双股战战，胃中空空如也，每当明月风清又只能望梅止渴之时，他便猛烈地回忆过去吃得每一种食物，他疯狂地想念着屈原的《离骚》，屈原是个好厨子，浪漫有加，可惜自己却投河变成了粽子，在后世祭奠他的那个节日中，再也没人吞咽爱的《离骚》，人们吃粽子，他吃《离骚》。

吞纸人起初并没有名字，一切还得拜造纸人蔡伦所赐，他才发现自己喜欢吞纸，不问青红皂白连带着徽墨写就的未干笔迹囫囵吞枣地塞进口中，那些只言片语渗透在他的毛细孔与血管之中，如海浪拍击着他的身体。那是一种难以言喻的美妙，他通过吞纸来记忆、来感知，唐诗有唐诗的风雅，宋词有宋词的秀丽，都是一桌子好菜，吞进去绝对不会吐出来，那时的他面色红润气色佳，久而久之便"腹有诗书气自华"，连他自己都有些飘飘然。

然而一朝天子一朝臣，他也曾错吞奏折，那些谏言书害得他也连坐大牢，他幸运地躲过了一劫，那纸的主人却人头落地，他放声哭泣不问目的，从此之后只敢吞些闲书野书。闲书野书本身也无大碍，大俗大雅也不过是些文人忌讳的玩意儿，他不是文人，他是吞纸人，索性淫书、春宫图、武林秘籍也毫不保留地纳入胃中，久而久之就走火入魔。

吞纸人患上了选择综合征，看不出哪些纸该吃，哪些不该吃，一个不小心就会接连过敏上好几天，于是他宁愿饥肠辘辘也不再乱碰纸张。然而不吃总会饿死，人到低谷怎么走都是好运，他爬起来，掸了掸身上的尘土，下一个乱世轰然而至，他又可以自由自在地大开吃戒了。

"天下大势分久必合，合久必分。"这是他吞过的小说《三国演义》中的一句话，此话当真犀利，和平岁月总不会太久，战争乱世总在不久以后，每到这个时候，他便奇异地觉得胃口大开。这时，总会有书生将纸摔到他怀中投笔从戎，这个时候总会有人不甘寂寞发出怒号。乱世出英雄，乱世有美味！然而望着残骸遍野，血流成河，他不由自主地蹲在战场中央哭了，他还是想要安稳地吞纸，不要一时的胃口大开。

生命是一种轮回，而吞纸人的生命却流淌在时间的恒河中永不枯竭，他遭受过冷漠、讽刺、白眼、讥笑，也接受过崇敬、尊重、理解、赞赏。他走了几千年，从稚童成长为拄着拐杖的耄耋老翁，他原以为不用吃得太好，反正牙齿早已掉光，日薄西山、风烛残年，还争个什么？

却还是不甘心，有那么十年，他被关在牢笼里，一直饿着饿着，一回想起过去眼泪就扑簌簌地下落。他本来以为自己快饿死了，可"砰"的一下牢门被打开，他又重归新世界的怀抱，而这个新世界却与他过去的那个世界不太相同。

也不是没遇见过对手，读书人总是对纸张格外珍惜。他曾遇见过一个落魄文人走在路上不断捡纸，捡完便走到烧书亭付之一炬。太平盛世，百无一用是书生，他不是书生，他是吞纸人，看到心爱的食物统统被烧掉，心如泣血。就像有的人爱吃桃子、有的人爱吃梨一般，吞纸人也不是没迷上过一些不该吃的东西，那些被称作禁书的纸张被人束之高阁，被人不屑一顾，被人不惜咒骂，每到这时，他只能撇撇嘴苦笑："赏口饭吃！"

　　雪夜闭门读禁书，天下第一大乐事也。雨夜闭门吞纸也是吞纸人的一大乐趣，那些纸潮湿濡腻充满了江南的香甜味。然而渐渐地，他能吞的纸张越来越少。报纸乏味，机械的油墨味让人作呕，尽是虚假言论蒙骗读书人；教科书的纸最多，然而他最不喜欢，都是填鸭一般的言论，还要咀嚼头昏脑涨的考试题目；再不就是些心灵鸡汤，励志书，却明显没有鸡汤般的美味。吞纸人来到属于他的餐馆——"书店"，却发现这些馆子越开越小，最后终于轰然倒闭在时代的拐角。

　　然而今天，他彻底地行将就木，快要饿死。他试着适应时代，试着不做一个吞纸人，试着去接受二进制，试着去接受虚拟的世界，可你知道，他终究只是个吞纸人，无纸可吞便是死路一条。

　　这一天，太阳照常升起，吞纸人趴在电脑键盘上，脑子砸碎了WASD四个键位，终于口吐白沫、停止呼吸，医生在剖开他的胃后发现那里空空如也，几千年以来，他吞过，活过，爱过，最后与他的美味们一起吹在风烟里，消失了，就如从未来过这世界一般。

/ 贱客

我踏入了这个平平无奇的小城。

来往的商贩面目模糊，低矮的房屋与别处没有不同，我遁入熙熙攘攘的街市中，没人注意到这么一个无名无姓的天涯过客。

这是好事，很多年来我都没睡过安稳觉，再决绝点，我应该上东市卖掉手里那柄杀人无数的凶器，如果怕被人发现就去城外找铸剑师，总有人肯收留这柄宝剑。它不适合我了，我会给宝剑蒙尘。

然而最可怕的是，即使手中无剑，心中仍锋利无比，没有被柔化的棱角长出更多长刺。

就在这里栖息下来吧，别处与这里也没有不同，家乡早就被夷为平地，那都是拜我早年锋芒外露所赐，所有的族人都不愿再提起我——这个曾经给他们带来过无上荣耀的人。

"叔叔，叔叔，你是剑客吗？"一脸稚气的孩童拿着木剑朝我扑过来。

我斜睨了他一眼，眼角的伤疤开始狰狞，那孩子吓得哆嗦了一下逃入他母亲怀中，美貌的妇人憎恶地看了我一眼，她眼中的我——衣衫褴褛，毛发蓬乱，是个乞丐吧？

没有任何解释的必要，当年的我，说来也是笑谈。

我长得丑不丑，会不会剑术，那又有何关系，这并没有使我这二十年过得更好，过去的朋友死得死，散得散，连个能说上话的人都没有，如果杀手们追上了我的步伐，我就会冰凉地躺在他乡土地之上。

趁着夕阳余晖美得醉人时，找老板讨一壶好酒。

许多年前，我不能饮酒，饮酒会让人失去理智，浑浑噩噩，我是要做一流高手的人，怎么能沉溺在这种低级的欢愉中？

当然，我也不近女色，世间万象与我无关。

可我现在想喝酒了，想喝酒的时候就去喝也是个极美妙的事，紧绷在脑袋里的弦慢慢松了。

我现在也想找个女人，但是女人太麻烦，我连自己明晚睡在哪儿都没想清楚，哪有资格做他人的归宿？

我到了一个不得不低头的时刻。我没有成为举世无双的天才剑客，和我的那帮师兄弟没有任何区别。对了，应该有个人已经出人头地，我想起他少年时就天赋异禀，那时我嫉妒得要命，却学不到他用剑时的半点神髓。

可后来的某日，我与他在皇城内擦肩而过，他并没有看我一眼，也许于他而言，我连垫脚石都算不上，可我却默默地以为他是山峰。

这些年都废了，在我不想废掉一身武功的时候，所有的秘籍都不翼而飞，那些定下来的宏伟目标在努力练剑的上千个日夜里化为泡影。

几乎是一瞬间的事——我懒得执剑了。

反正无论如何努力，我也成不了剑圣，师父，师父，你在哪里，你不是说我会成为大英雄吗？

每年的清明，我都会去见师父，脑子里浮现出师父嘴角含笑的样子，他苍白的双鬓上写满了谎言，他用一连串愚钝的句子来蒙混过关，逼我们变成维护师门尊严的利器。

我才不想变成门口的石狮子——会动的石狮子。

第一次尝到苦头是在与人比剑失败后，那人毫不留情地砍掉了我的左手小手指头，还留下一句话："你现在不懂的，以后就会懂了，如果你一直不懂，那你这双手也就废了。"

我到底懂了没有，看起来像懂了，又似乎没懂，但那个切掉我小指头的人再也没出现过。

过去我守在巍峨的皇城里，好像那里的一切都与我有关系，我只想在那里遭遇最强的对手，我还想去所有苍茫的山川湖海，对于留在没有特点的小城毫无兴趣。

天上落起了个雨，青石板变得潮湿油腻，在那些干燥开裂的日子里，我身上的水分与热血一道被蒸发，而现在血倒灌回来，却已经凉了。

街角的大妈说："来，年轻人，给你喝一碗茶。"

"我不年轻了。"

"你对我来说还很年轻。"固执的老妪将一碗茶水平稳地端到我眼前，我接过来，雨水立刻淹没了浅碗。

我辜负了她的好意。

我时常辜负别人，比如父母，当初我不顾一切背上行囊离开家，将"父母在，不远游"的古训忘得一干二净，我以为只要踏出家乡，所有的地方都熠熠发光，仿佛有翅膀从背后破出来，我要展翅了。

像所有小城市里来的年轻人，我被皇城蒸蔚的景色久久震撼，当我呆立在城门前时，一个与我差不多青涩的男人笑着说："你也是来这里闯荡的？"

我点头笑了笑，当作应答，后来他成了我的兄弟，再后来他成了我的敌人，再后来他离开了皇城，而现在，大概已经死了。

十年前的一次征兵弄得民不聊生，鸡犬不宁，我想他应该没有幸免，而那时我正在一座不知名的高山上学艺清修。

"师父，师父，我能救天下苍生于水火之中吗？"

师父夺过我的木剑笑着说："你连自己都没有救，怎么救苍生？"

我没有明白，夺过剑生气地质问："我不需要救，我想得很明白了！"

"哦？"师父的胡子被风吹得飘起来，"你明白了什么？"

"我要变成世上最强的人，还要拯救天下苍生。"

师父笑了笑，一言不发地离开了山巅，刹那间，天上忽地彤云密布，暴雨倾盆，但我想，那天上的雨点浇不灭我内心的梦想，熊熊燃烧的火种正在生根发芽。

下雨的时候我会想起老家，还有家门口的大树，那些景色已经不在了，但雨还在下，一样有潮湿的气味，我用仅剩的钱在这里安营扎寨，了此余生。

起初的那些日子，倒也安然自得，无人打扰，且渐渐与周围的邻里熟络起来。

过去我不爱说话，像一个倨傲的侠客，现在倒也无妨，我并不拒绝市井里的无聊，无聊也是一种生存。

白天，我在树荫下看书，晚上，我坐在院子里喝酒，一个人。

偶尔也会在夜色阑珊时想起那些热血无比的年少时光，但也没那么怀念，我怕一想起那些就想起了阿澈的死。

是在阿澈死后我才不顾一切地金盆洗手。

说起阿澈，我突然觉得世界也没那么灰暗，他是那种无时无刻都傻乐的人，这给阴鸷的杀手们带来了一丝清风。阿澈不是一个很出手的杀手，他时常怀疑自己人生的意义。

"我们是最强的刺客，来无影去无踪，杀人于无形之间。"我给阿澈洗脑，别人也这么给我洗脑。

"我们是为了正义而杀人。"我也曾无比深信这件事。

可阿澈不信。

平心而论，阿澈的武功并不低，起初他来到这里是为了赚钱给母亲治病，后来母亲还是撒手人寰，他本想退出，却发现与我们这些兄弟有了感情。

杀手是不可以有感情的，那时我也没有，我只想变强。

终于，在一个月黑风高的夜晚，阿澈行动失败，倒在了目标的剑下。

我们都没把阿澈的死当回事，反正这种职业就是要死人的，不是你死就是我死。

也可能那时年少气盛，心地不够柔软，对于死亡看得太单薄，只是后来想起来，我还是想念阿澈的。

陆芒拍拍我的肩膀说："人各有命，休论公平。"

对死生之事，那时的我尚未看淡，公平对有些人来说只是需要一个存活的机会，而有些人则想封疆裂土，成为一方王侯。

在不知深浅的时光里，谁不想成英雄，谁会想到死与生是不断逼近的关隘呢？

那些都没关系了，门前的柳树抽芽，一派春光烂漫，原来，人世间有许多极好的景色。

在那些尽心厮杀的年月里，我从来不觉得身边的一花一草值得照看注意，我享受的是他人的崇拜与注目。

我坐在窗前小憩，一只飞鸽晃晃悠悠地闯进来，在小镇里住了这么久，竟还有人给我传书，走的时候，我叮嘱所有人——"没有性命攸关的要紧事千万别找我。"看来，是出事了。

远在伏阿山的谢乾一家全部死了，无一个活口。

心弦毫无防备地勒紧，浑身血液奔腾，怒意侵袭全身，悬在墙上的宝剑也在响应着我的召唤。

杀人，报仇，再杀人，再报仇。

我说过要放下，可是别人偏不放下。

我问过陆芒为何要出家，他说："久留于人多的地方，自然就有是非，你是逃不过的。"

如果所有的事与你无关，如果内心再也激不起一丝波澜，那善恶黑白，你统统都不要插手。

信是谁寄来的？竟没有署名。若是一个骗局，等待我的就是死路。

我点火，慢慢烧了这封信。

翌日，一切如昨，平平静静，就这样，我与这座平凡小城相安无事了整整一年，就在第二年春天快要来临之时，我开始觉得乏味。

没有人在月下沽酒，没有弄弦雅士，甚至连一个美丽的女子也没有，一切如一潭死水一般，像极了我出生的那个小镇。

我开始厌了。

一个人睡不着的时候，剑成了唯一的朋友，月如银钩高悬西天之上，那些早就魂归西天的兄弟们还好吗？

仇是报不完的，但太平静的日子又很压抑，人这一生都处在虚无缥缈的矛盾之中。

终于，在那个平平无奇的黑夜里，我离开了这座小城，决定去拜访虚言先生。

熟悉的漂泊感让我觉得安全，比靠在荞麦枕头上要安逸，我执剑杀人，谁也拦不住我，伤不了我，这种感觉，竟很安心。

有些路，回不去了。

虚言先生是我师傅的老朋友，只不过师傅死了，他还活着。大多数时候他都住在东边的山上，但偶有兴起时便四处游历，谁也不知道他会去哪里。

他四处云游并不是兴趣所致，而是因为这个世上想杀他的人太多，每隔一阵子他都要逃到另一个地方躲避追杀，即使是东边的山上，他也换了八十多个住处，山里的魍魉都没他识路。

我在南边的花石镇遇上了他，他看起来一点儿也没老，还是喜欢吹笛子、逗姑娘。

开门见山，虚言先生知道我的来意，他说他想要一个人头。

我已经金盆洗手很久了，只好无奈地笑笑，让他看我手中的剑——"你看，锈迹斑斑，我很久没杀过人了。"

"可你应该知道，我不会随便泄露天机，不然要折寿。"他的眼睛眯成一条细缝，我猜不透他的心思。

"再说，我让你杀的，可是坏人，那个人想杀你也很久了。"

他是你宿命的对手。

对手？我差点忘了我还有个势均力敌的对手，不然人生真的会很寂寞，可我的上一个对手早就死透，血也凉了，他就埋在如雾山下。

"谢弦歌，你还记得他吗？"

记得，记得，我当然记得，多年前我孤注一掷离开家乡，在一个小镇上与他狭路相逢，后来我们拜于同一个师父门下，一同习艺，一道切磋，再后来我去了北边，他执意要去东边，大家在茅草镇的十字路口分道扬镳。

起初，谢弦歌经常给我写信说他的近况，我也时不时地回个一两封，后来日子久了，渐渐没什么话说，便也疏远了。

我只知道，他过得并不好。

大家过得都不好，除了抱头各自吐露苦水也没什么可谈的，他也曾来皇城看我，我请他喝酒。他有一个梦想一直没实现，后来便不再提了，再过了好些年，他娶妻生子，渐渐成了平庸之辈。

谢弦歌怎么会是我的对手？他心中早已无剑，身上也没有戾气，而我，一如既往地嗜血。

我不想为难谢弦歌，更不明白虚言先生是什么意思。

"如果你能杀掉谢弦歌，我就告诉你往后的二十年该去哪里。"虚言先生循循善诱，我不明白他和谢弦歌有何血海深仇，必须派我去杀掉这个可有可无的男人。

"他有家人，我一个人，我不想杀他。"

"可那时，我有家人，他一个人，他为什么要杀害我的家人？"虚言先生的眼眶红了，不知道是喝醉了还是心里难受，我想起许多年前师父偷偷派谢弦歌办了件事，那个时候的谢弦歌飞扬跋扈，天赋极高。黑衣少年在月下红着眼眶回来。

师父从来没告诉我这一切，情义二字像鸿毛一样飘散得无影无踪，我突然怀疑自己为什么要来找虚言，像是冥冥之中有人指引。

"你不杀他，总会有人杀他，他一生作孽无数，若是知道自己是个什么样的人就根本不该娶妻生子。"虚言先生昂首将杯中酒一饮而尽，我一滴酒也没有沾，我怕喝过之后就再也找不到回去的路。

"我该走了。"还未起身，虚言先生忽然无助地拉住我的衣角说："我藏了这么多年，一直想等人帮我做这么一件事，我没有钱，只能卖你一个天机，说完了我也该去黄泉路上找妻儿，你就帮帮我吧！"

曾经名扬江湖的百晓生虚言先生今日看起来格外苍老，我心中有些踟蹰，依我的性子，如果要杀掉谢弦歌，也不会留他的妻儿活路，这样一次就杀了三个人，我早就说了自己不会再做这种事。

我不能为了自己的路而断送了别人的后半生，我拿开虚言先生的手，亭外开始飘雨，风里有桂花的香气。

没有和虚言先生道别，我就离开了这里。

在夕阳西下时想起那个平淡安静的小城，突然又特别想回去，想念街上的桂花糕，想念家门口的一花一草，甚至想起对我不屑一顾的邻里。

从这里返回那个小城要经过谢弦歌所在的那座城，步子不由得慢了，突然想去会一会他。

人生很少有随性的时候，过去我的一举一动都被束缚，我不允许自己有任何差池，不允许一点点的松懈与放纵，可现在，走到哪儿，就是哪儿，想见谁就见谁，我开始活得洒脱。

洒脱的时候，剑也飘飘然起来，尽管上头锈迹斑斑，我知道，稍加养护后必定还是利刃出鞘，暂时的黯淡沉寂没有关系，心中燃烧的那团烈焰还旺盛着。

我没有费多少力气就找到了谢弦歌的家。

为了会会他，我特地买了一壶酒，这辈子能聊得来的人也不多，在半路上遇到的人也算缘分，正想着看一看他现在到底活成什么样子，却发现谢家门口被老百姓围得水泄不通。

血，一地的血。

就在我抵达这里的前夜，谢弦歌一家被灭门，我哑口无言，酒壶从手中脱落，掉到地上砸碎，清脆的响声，像谁的耳光。

你不杀他，别人也要杀他。他现在不死，以后还是得死……那些早就淡忘的说教猛然涌进脑海，到底是谁杀了谢弦歌？

这趟远游显得无比沮丧，后来我又回到了那个风平浪静的小城，然后，就再也没有踏出去一步。

小镇一如既往的平静，静如死水，每个人都在平庸的生活中沉到湖底，最后在水草的纠结中过完这一生。

我继续侍花弄草，在第三年的三月，满园春色烂漫，四处飘散的花香涤净了我身上所有的血气。

除了孤独，别的一切安好。孤独是一件好事，我该享受它。

年纪大了，我需要戒酒，不然就容易死。从前，我不怕死，如果活着没意思，那和死了也没有区别，现在我渐渐明白，死了和活着有区别，有天渊之别。

死了就什么都没有了，连发呆的机会都没有。

三十岁开始，我发觉自己根本没有想清楚人生，前面的年纪都用来犯错，现在则用来谢罪。

金盆洗手易，销声匿迹难。四季枯荣，转眼又是一年，我的仇家该上门了。

像我这种人，除了四处漂泊，没有更好的活法，即使是想安定下来，也得防着仇家的眼线。

我要提前离开这个安静的小镇，不然他们会杀光所有人。

真好笑，为什么要杀光所有人呢？我想起大师兄过去常说的话："厉害的话就得杀光所有人。"

太奇怪，杀死一个平民和踩死一只蚂蚁有何分别？

可我没有料想到，在我刚刚踏出小镇时，虚言先生来到了我家门口。就在他停下来赏花的那一刹那，他被刺客一剑封喉。

虚言先生从来很谨慎，不会这么轻易死，如果不是为了来感谢我，他本可以福寿绵长。

看来他真的很久没有出山，竟然不知道谢弦歌非我所杀。

现在，我欠下了两条人命。人们都以为谢弦歌被我所杀，而虚言先生成了我的替死鬼，这一连串的复仇我根本就没参与，却被传成了江湖上人人可以评论的新闻。

我要离这个江湖更远一些，不然缠绵的浑水会爬上脖子将我绞死。

星夜兼程，我落荒而逃，勒马驻足，再回头望一眼生活了多年的小镇，我发现自己竟变得有些软弱，我对人没有感情，却对那里的景色起了留恋之心。

在做杀手之前，你必须杀掉一个亲近的人，这叫做断后路。

我做杀手时六亲不认，只认手中的剑，要变成强者总要舍弃许多许多的东西。

一个月后我来到了边疆之地，这里黄沙滚滚，摘下帽子能有半碗沙，来往的商人面目迥异，每个人都是此地的过客，除了老板。

这里很好，真好，即使我一点都不喜欢这里，却有必须留下的理由。从此以后，江南水乡又成了梦中的神话。

不知道有几个人来悬赏买我的狗命，身上家财散尽，竟有些不得不重出江湖的意思。

如果我知道是谁对我这条贱命有兴趣，我应该会主动找他开个价码，然后将这笔钱送到一个不知名的地方埋起来。

每到一个地方我都容易遇见熟人，他们不是我的朋友，我没有朋友，他们是四面八方涌来的仇家，前三十个年头杀人太多，多到我数不过来，这群人化作天上的星子，每夜每夜瞪着我，真让人合不上眼。

我在大漠客栈喝酒时，远方走来一个清秀的年轻人，他看起来年纪很轻，和我当时一样。

突然我们就聊了起来，过去我沉默寡言、脾气不好，谁触怒了我，我会在刹那之间将其封喉，可现在，我变成了一个平凡的中年人，除了肚子没有随酒涨大，一切都变了。

他要去的地方让我感到可笑，他说他要翻山越岭抵达须弥院。

呵，须弥院是何种地方，当初我也去过。

在那个地方，你要出卖你所拥有的一切来赌一个未知的前程，即使每年都数千人死去，却仍有数以万计的人不惜千难万险抵达。

皇城，须弥院。我在这个年轻人身上找到了自己当年的影子，我特别想劝他回家去，可这个不胜酒力的初生牛犊偏不怕死。他看着我的样子，我曾经很熟悉。当年，我就是这么歧视那些劝阻我的人，而现在，他们一个个过着逍遥快活的神仙日子——家有娇妻、儿孙绕膝，我却还在奔走，在茫茫大漠边的客栈等仇家盈门。

可惜，仇家尚未上门，疾病就染上了身。

我修习的武功不是什么正派路数，必须在月夜之下苦修，时常也吃不上饭。都说学武之人可以自行调理身体，也许是久不握剑、久不杀人，我的身上开始出现古怪的伤口。

照如此发展下去，不出数年，我将筋脉俱断而亡。

我想过许许多多人会死，也曾想过自己在刺杀中被人杀掉，却没想到如今要以如此平静的方式离世，简直可笑，更可怕的是，如若不出意外，我的武功将逐年衰弱，最后，我将成为一个废人。

说不握剑，心却痒。

有句话叫"壮士未捷身先死"，可我算什么？臭名昭著的杀手，即使死了也没人会为我掉一滴眼泪，我六亲不认，家破人亡，还有什么可说的？

一股悔意涌上心头，猛然忆起多年前那个夜晚，师傅循循教诲——"世上没有后悔药，出剑前要想清楚。"

想清楚？剑的方向未错，我的心却偏落悬崖。

突然，有人碰了碰我的肩膀，我猛一回头，撞上一张书生意气的脸，那人笑着说："也许，你可以和我说说。"

身上的盘缠即将用尽，除了流浪在街头，我别无去处，那人朝我手中塞上银子推给我道："一点心意，不成敬意。"

无功不受禄，何况我是杀手，我将银子塞回去道："我与公子素昧平生，还是不要了。"

我急匆匆朝客栈外走去，外头天大地大，却无一处是我想去的地方。

"我风尘仆仆赶来与你相见，岂容你说走就走。"他很徒劳地拉住我，我用剑气将他挡开，他一个不慎跌坐在地，异常狼狈。

这让我觉得有些可笑，顺手就想过去扶他起来，岂知这小子不识趣又想暗中偷袭，我只得生生将其手骨折断。

被折断手骨的人露出怪异的笑容，许多年前，我见过这张脸，那时他还是一个孩子。

"哦，原来是你。"我想起那个漫天飘雪的夜，我在路上救了一个被人追杀的孩子，没有特别的原因，只是想救而已，杀的人太多总有刹那想赎罪。

难不成这年轻人来报恩？可看他这副穷酸的样子也并不能救我于水火之中，我斜睨了他一眼，面上的伤疤再度狰狞，"小子，你滚远一点吧，惹上我这种人，总没什么好事。"

"英雄，请留步！"他捂着断手对我笑道："兴许我可以医好你。"

"先医好你自己吧！"我轻蔑地看了他一眼，大步流星地走出去，不知道往哪儿走，也不知道会去哪儿。

就这样，我糊里糊涂地走着，而那个年轻人就锲而不舍地跟在我后头，好几次都想转身将他杀了，却迟迟动不了手，大师兄说："杀手的杀心若是没了，什么都补不回来。"

真可笑，我弹尽粮绝、走投无路，终于颓然无力地倒了下来，眼前黄沙滚滚，大漠荒原，多想升起海市蜃楼，再看一眼那年的歌舞升平。

醒来的时候，纱布包着眼，左臂微微有些痛，风里有草木清香，不知道沉睡了多久，又是谁把我搬到了这里，蓦地，一股汤药味近了身前。

"英雄，你可醒了，真是太好了。"

"哦，是你。"我淡然道："你救我，我也不会感激你的。"

"我不需要你的感激，我只是为了报恩！"那个人说得诚恳，我却戒心十足，许多年前就有人告诉我——不要相信任何一个人。

“我得走了。”

“你眼睛都还没好，往哪儿走？”

这倒是，我无可奈何地坐下来，特别想发脾气，自从不做杀手以后，我连情绪也不会克制了。

如此待了三日后，总觉得有些不快活，这年轻人善待人的招数过于殷勤，我甚至有些不敢吃这些饭菜，我不懂恩有什么好报的，仇又有什么好报的。

屋外山雨欲来，一股木头的霉味从四面八方传来，那雨水中混着的苔藓气息又让我感到魂牵梦绕，现在的欲念如此单薄，竟然只是南方小城的一瓦一木，什么少年志气，英雄豪气，早就被抛到了九霄云外。

但，嗅觉还在，一个血腥杀手的嗅觉尚未被江南的春雨洗净，我觉得这少年应是尚有心事，并有求于我，目下的一切只是开胃小碟，莫非要等我这大鱼上钩，再来个斩尽杀绝？

“说吧，你想杀谁？”吃饭的时候，我戳着鱼肚子笑：“这人难杀么？”

我眼上的绷带早已解下，目力也恢复了平日的锐利，年轻人的眉头微蹙，显然是我说中了他的心事。

“这个人，很难杀。”他垂首不语，半晌才对上我的目光道：“如果杀不了，就罢了。”

这话倒激起我的斗志，只听他继续说道：“这个人武艺高超，我这种孱弱之辈根本不是他的对手。”

“找不到他，怎么杀他？”我斜睨了年轻人一眼道：“难道要我等他个十年八载的？”

那少年的面容痛苦得扭曲起来，“是啊，我等了他很久很久了。”

很久是多久？看这年轻人的模样顶多也才二十来岁，即使是等，又有多少岁月荒废呢？我突然很想喝酒，因为一醉总能解千愁。

夜凉如水，我披了件单衣站在台阶上，想着再过几个月就会病发身亡，不禁莞尔，反正都是要死的，何不趁此机会为这个年轻人一报大仇，兴许下辈子便能做个好人，不过这苟且日子了。

痛意蓦地如蛇咬般袭来，我强忍着却冷汗直冒，银钩弯月如利刃剜着我的心，又快撑不住了，也许丧命在这夜色下也不错。

可就在这时，那人再一次救了我，连我可能不保的左臂也救了回来。

这一次，他已成了我的恩人，我必须还掉这个人情。

一个月后，伤势渐渐恢复，病也不怎么发作了，春日迟迟来到，屋外繁花似锦，怎么看，都是一个回归故里的好日子，可我，却得上路了。

年轻人托我杀的人住在须弥院，那个高手林立的地方，以我的功夫也难以突破森严的防卫，更何况，这几年懒于练兵，剑上沾的人血都少了许多，如若不能将其一击毙命，死的一定是我。

当然，此事仍有七成把握，血脉贲张的兴奋感让我跃跃欲试，据说此人少年才俊，武功已是武林上数一数二的人物，我这样的杀手能将其杀掉也是为自己扬名立万。

"你为什么要杀他？"在那个浓得化不开的夜里，我望见年轻人紧蹙的眉宇间杀意毕露，他说："他是我的兄弟，与我生得一模一样，却夺走了我所有的荣华富贵，甚至连我的命都想拿去，你说我恨不恨？"

"好。"寂静无声的夜里，只有风逗弄树叶的沙沙声。

十月初九，须弥山脚下，来往的行人络绎不绝，远处苍峰叠翠直如云海，我择了个矮凳坐下喝酒，这一花一叶的缱绻让人迷醉，一丝丝血腥气都闻不到，快让我误会自己不是来杀人的了。

但，人总归是要杀的，如若不能直取其头颅，只能待他下山来时在伏击。

我在山脚下，一待就是三日，要杀的那个人乃是须弥一脉的大弟子董溪雨，他行踪隐秘，武功高强，我必须趁其路过密林时将其击毙，旁的时间，没有任何机会。

这个机会，说来就来。

密林里飘散着瘴气，阴森刺骨，寒霜浸在草木上，天也是越来越冷了，现在身子骨大不如以前，只堪堪埋伏了三个时辰便有些吃不消，天上的圆月依旧高悬，我叹了口气，继续匿在林中。

我听到马蹄轻踏之声，董溪雨果然没有中计，如他这般的高手若是落入这种平平无奇的陷阱倒显得荒谬。

机不可失，我振袖甩出三枚暗镖，果无例外都被董溪雨一一拦下，我趁他分神之际出剑直掠过去，却不想一柄青色宝剑直直抵开了我的攻击。

"也不过如此。"他轻蔑一笑，气势凌人，剑影翩飞下化作巨蟒也似与我缠斗起来。

屏息，斗罢，没有任何借口，我技不如人。

董溪雨剑光一凛，白晃晃地月光反照出一张英气的少年脸，这张脸，这张脸我分明见过。

那个妙手回春的年轻人不正和他长得一模一样？一种更强大的恐惧占据了我整颗心脏，无声月影下只闻自己的心跳。

没错，董溪雨和那年轻医者分明就是一个人，我粲然一笑，手腕放轻，将剑扔在了地上，宝剑躺在地上悲戚似的看着我，分明感受到了一种无地自容感——一个在江湖上行走了多年的刺客竟然被人耍了。

说不清是金盆洗手后武功废了，还是这个年轻人太会演戏，我被他骗得团团转，更不知他有何目的。

他祭出银针朝我左臂穴位上刺去，痛感汹涌袭来，他望着我，表情却十分倦怠，像是懒于杀我灭口似的笑道："曾经，我奉你为心中英雄，谁知你不知自爱，自毁招牌，说什么江湖险恶，明明是你不行罢了。"

夜色近妖，我想起了谢弦歌一家惨死的模样——"原来是你！"

"哈哈哈，"他朗声长笑，"是我又如何，本想引你出洞，你竟龟缩一隅，真是无趣，害我跑到大漠才追上你。"

额上尽是密密麻麻的汗珠，我觉得很累，却只能口干舌燥地求个了断——"你若想杀我，直接杀便好了，折磨人很有趣吗？"

蓦地，他拿宝剑架在我脖子上恶声恶气道："你说，你要救人便救人，要杀人便杀人，缘何杀了我的哥哥，留下我，呵呵，全家人都以为是我死了，是哥哥活着，你让我怎么活？"

"哦，原来如此。"我答得轻描淡写，他更加生气，发狠似的一剑刺下，这剑，再喂得近些我便要人头落地，可就是在这将死未死的关口，他停下剑，一动不动地望着我——"不能让你死。"

他似乎是没有想好折磨我的办法，我也没想到任何可以折磨自己的事，无非就是个死字，我见得多了，该来总会来的。

董溪雨将我的剑扔到一边，将他自己的剑还剑归鞘，远方的天色渐渐亮了起来，他垂首淡淡地呼出一句——"你走吧！"

不知道是什么让他改变了主意，我连滚带爬地站起来，努力像一条狗一样悄无声息地离去，他望着我露出一种怪异而可笑的表情，我明白，在他心里，我早已不是那个杀伐果断的刺客了。

杀人不如杀心，在他找到我的时候，我这颗好斗的心就死了，他将其重新点燃却仍然烧不出过去的模样。

十日之后。

我又来到了一个新的小镇，这里和其他许许多多的小镇一样，有小桥绕流水而过，有岸边浣洗衣服的妇人，更有无数个如我这般浪迹天涯的游客。

虚言先生曾让我回到都城，或者另寻一座繁华的城市。他说："小地方总归是藏不住人的，而你必须躲在人海中才安全。"

须弥院大弟子董溪雨的死讯也传来，我丝毫不感到意外，即使金盆洗手却尚存一丝奇妙的傲气，选择了要杀的人就要全力以赴地杀掉他。

董溪雨当然不知道，即使我痛失双臂也没干系，我本就擅长用毒下针，剑只是幌子罢了。

当然，更重要的是，谢弦歌的死让我早就起了杀心，这些年藏的毒药里，最重的便是那一味，既然明面上斗不过他，便只能使出这阴狠之招了。

而我一直没有告诉他的是，自他第一次接近我时，我就知道他是谁了。

自此之后，我天涯漂泊，辗转多地，依旧过不上安稳日子，我不再计较金盆洗手与鲜血满身的区别，懒于给自己的事划清界限。

我忽然发现，没有一个地方能让我全身而退，那就继续漂下去吧。

/ 盗口红的人

1、

霜并非惯偷，大部分时候，她只是顺手取走她想要的物品。

她有一双适合弹钢琴或绘画的手，但这两项艺术均和她没有关系，在贫困的幼年期，她总是一遍又一遍任由细嫩的手指在蔬菜或鱼肉中翻转，随之而来的还有浓重的鱼腥味和厨房垃圾味。

霜总是试图以一种味道来掩饰另一种味道。七岁时，她遇到一个有狐臭的阿姨，那个阿姨喷了刺鼻的香水，但腋下的味道还是随着空气在公共汽车上四散开来，这样欲盖弥彰的手段多少给了那位阿姨以自尊，霜在经过她时，偷走了她黑色皮包里的香水。

那空玻璃瓶至今还稳稳坐在霜的窗台上，虽辗转多个城市，但霜依旧对那初次得到的战利品不离不弃，她在空的香水瓶内放了一枝花，不多，再多便没有盈余空间，和那种热衷炫耀的大把花束不同，它自始至终都是孑然一人。而且，她喜欢徒手摘下一些叫不出名的野花，那些野花总是在窗台上耷拉脑袋，快速枯萎，这时霜便会将玻璃瓶里残留花香的自然水倒在自己的手上。

再浓重的味道也有散尽的一天，霜在十三岁时终于过上了好生活，这得益于父母在她十三岁之前的一切打拼，但金钱盈门的同时，他们也意识到某种叫做亲情的东西早已分崩离析，父母给霜开辟了一个单独的卧室，女孩被关在门中，终于辟得了一处属于自己的空间，要知道，在很久以前，她的世界里堆满了杂乱无章的垃圾。

自那时起，她开始观察母亲，母亲从一个不施粉黛的妇人变成了不打扮不出门的贵妇，在白色的梳妆台上，口红、眉笔、指甲油等依次排开，那是青春期少女狩猎的疆场。好几次，她趁母亲不在家时，偷涂对方的指甲油，最严重的一次，指甲油被窗外神秘的大风刮倒，溅满了梳妆台和化妆镜，从远处看来，像一个鬼片的片场，她望着一片残局，陷入恐惧，一顿毒打总是比夏天的暴雨来得更快。

霜决定立刻逃离"案发现场"，她虽然自小就对疼痛有非同寻常的耐受能力，但仍无法忍受母亲的指甲，那些鲜艳如利爪的壳钻进她脆弱的皮肤表层，痛便成了一根针头，快速地划破她的防线，从血管沿路跋涉，直抵心脏。母亲每掐一次，她便哭一次，母亲说"不许哭"，再哭就掐得更狠，于是她一步步将眼泪吞回肚中，那些咸咸的东西在胃中无法消化，终于堆积成一场灾难。

为了防止灾难和呕吐的发生，霜开始谋划逃跑路线，这时夕阳正像朱红色的指甲油一样，泼得漫天都是，她学电视剧里的做法，戴上塑料手套，将玻璃瓶上的指纹悄悄拭去，但更大的证据潜伏在她的指甲壳上，她决定打开窗户，假装这一切是陌生动物的莽撞行动，而她要做的，就是快速离开家，找到洗指甲的药水。

她走的时候，内心产生一种不可思议的预感——往后或许不会再在这个家里待下去，她能和母亲发生的联系微乎其微，想到这里，她不自觉地将母亲的口红塞入黑色的小包中，她暂时区分不出这是偷、抢还是拿，这一代的孩子常像吸血虫似的伏在父辈的肩膀上，毫不留情地吸干一切，掏空一切，那所有的物品都仿佛是终将到手的遗产，包括整个房子。

离开家后，她站在路上莫名彷徨，因为不知道该去哪里，心像一个无处搁置的锚，放在哪里都不合适，她用双眼大海捞针，猎取灵感，但得来的线索十分有限，城市里每个人都有一张匆匆而焦虑的脸，即使厚厚的粉底和艳丽的口红也掩不住内心的焦虑。

霜容易被美丽的事物所吸引，所以当她看到那副巨大海报时，双腿如被卸去，再也不能移动半步。在她面前，一人高的巨幅海报上，金发碧眼的女郎，鲜艳夺目的口红，还有异国风情的树木与建筑，手牵着手，在勾勒一个完全不属于霜的世界。

"不属于我的，我偏要得到。"在后来的许多年里，霜践行着这句话，尤其是在对镜化妆时，即使她知道美丽本属天赐，无论如何化妆，如何遮掩，如何装作美人，骨子里并不存在天生的骄傲，但她依旧勤勤恳恳地化好眉毛，涂好口红，像母亲在弥留之际说的那样——"好看一点是一点，女孩子，最重要的还是一张脸。"

她终于走入那个鬼屋般的电影院，但还没有真正进去，便被门口的人拦下来——"你多大？你这个年纪不能进去。"霜不知道为何大人总是用这种话来搪塞一切，其本质在于大人并没有耐心和闲心去给青春期的孩子解释这世间的林林总总，所以少男少女们总是趁着夜半无人时大胆冒险。霜在学校里听过不止一件这样的传闻，谁和谁好上了，谁和谁偷偷在一起接吻了，可对于霜而言，真正的问题在于她没有一张讨男性喜欢的脸，更没有不依靠美貌便大胆魅惑男人的技巧，等待她的，只有青春期里汹涌不尽如潮水般的自卑。

"你等一会儿。"她拿起黑包躲到厕所里，从包内掏出一面绘有那时最流行明星脸的小化妆镜，然后将母亲的口红取出来，生疏地涂起来，没有血色的唇一下子借尸还魂，从一个哭哭啼啼的素脸小媳妇变作了某种招摇的舞女，随之而来的，还有母亲的那些欲念与秘密，瞬间充盈霜单薄的少女肢体。

她曾看到母亲躲在一扇门后，门内是衣冠不整的父亲和一个谋生的女人，母亲的手停留在门上，格外犹豫，但始终没有推开那扇门，转身后，母亲的泪水像杀伐无情的将军，将明艳的妆容变成血流成河的战场。母亲一路哭哭啼啼地离开宾馆，消失在了路的尽头。

"母亲想要一个完整的家庭。"她读出了母亲的欲望，其余的一切都是掩饰——尽心尽力地做菜做家务也好，不停买衣服买化妆品也好……所有的一切都是为了维持表面的和平。

霜一边思考，一边步入电影院，交了钱之后，她寻到了自己的位置，那位置夹在众多卿卿我我的情侣之间，像一根杆在电影院里的刺，霜不动声色地看着那部戏，演的什么戏码已经完全记不清，只记得里头充斥着男与女的爱欲、背叛、冲动和毁灭。

回到家后，大门洞开，屋子像一个被人掏得七零八落的内脏，母亲衣衫不整地对镜化妆，眼角边，鱼尾纹和睫毛液混在一起，如同矿难现场，母亲从一堆煤渣里爬出来，抖落了质地良好的衣衫，十分冷静地说："回来啦？"

"你坐一会儿，坐一会儿我们就走。"

无论如何，母亲要的是体面，这是一种家族血脉的传承，往上可以追溯到外婆那辈，即使在残酷的动乱中被人砸了家，毁了容，也还是要收拾好衣衫再清清冷冷地上街。

父母离婚后，霜跟随母亲搬到城市另一头的老房子里，打扫灰尘时，外婆妆容精致的旧照片像一堵墙压过来，她复又忆起和父亲回到农村老家时的样子，眼前是一望无际的油菜花田，除了本分朴实的黄和从不害羞的绿，再也没有其他颜色做点缀。

母亲把梳妆台改成了书桌，并将所有的胭脂水粉统统收走，自此之后，她逐渐变成了一个神出鬼没的中年妇人，总是在意外的时间急匆匆闯入屋子，将霜臭骂一顿，她恐惧于青春期少女对容颜的过度迷恋，所以时刻警告霜，不要化妆，不要蓄长发，不要跟男生讲话。

霜的乳房在逐渐发育，但背却越来越驼，她不愿意被人注视，总是鬼鬼祟祟地出没于校园各处，那阵子，她正阅读到一本奇怪的小说，小说里讲，一个女高中生因不善言辞又被人欺负，从而逐渐淡化，变成了一个透明的人。走在中午逼近40℃的高温下，霜觉得自己正在融化。

2、

霜再度迷恋上盗口红已经是高中毕业之后的事，那一年，高考过后，整栋大楼都在拆书、扔卷子，荷尔蒙过盛的年轻人们正享受着人生里最大的一次宣泄，他们剪碎了校服，烫了头发，在耳朵上穿孔，而女孩们则成群结队地去选购口红。霜在同学的簇拥下来到化妆品柜台，她每试一只口红，就感到他人残留的欲望正像虫子一样钻进她的脑袋，她一边擦一边涂，像个不知道如何捯饬自己的老戏子，把整个生命一点点耗在戏台上。

商场里每个角落都充塞着女人，男人则像玩偶一样被人呼来喝去。去试衣间，出试衣间，换下一件，又换上一件，在购物的地方，女人统治一切，男人成了地位最低的蚂蚁，但他们仍旧有着重要的作用。没有提款机是无法尽兴购物的。

霜离开了同学的视线，悄悄潜入商城人流汹涌之地，才半小时功夫，她便顺走了三四只口红，那些口红形状各异，颜色各异，唯一的共同点是上面沾满了女人的皮肤组织和欲望，霜和同学道别之后便独自回家，她要享用一个人的晚餐——用大脑吃掉这些口红。

还没入家门，她便听到哗哗的洗牌声，像海浪拍打裸石。

"回来啦？"

"回来了。"

母亲在打牌时总是全神贯注，从不抬眼看人，即使走进来的并非霜，她也难以发觉。霜疑心这是母亲年轻时热爱渡江产生的后遗症，在水里与湍流搏斗时，必须集中精神，稍不留神便会被浪卷起，葬身江腹。

坐在母亲对面的那位黄阿姨总是打扮得格外入时，像民国时的少奶奶，这个年纪的大部分女人已经不热衷于涂口红了，她们既不想取悦丈夫，也不想取悦任何人，但黄阿姨的的确确是个例外，人们私下议论说，这是因为黄阿姨的丈夫死得早，这导致她从年轻时便开始了新的寻觅之路，只是兜兜转转这么多年，还是没有安定下来。

黄阿姨叫霜下楼买烟，霜顺手拿了黄阿姨的口红，那口红味道怪得很，不是名牌，连个标志都没有，霜在街角等车时，将那口红轻轻地涂在唇上，刹那间，记忆像洪水，灌入霜的大脑——女人年久失修的躯体，如何扣也扣不上的肉色内衣，已经垮塌的胸部与腹部，背上多余的脂肪，女人对窝在被子里的男人讲："娶我吗？"男人抽着烟，似乎正在致力于将屋子弄得乌烟瘴气，他笑了笑，露出发黄的大板牙，旋即将上体裸露的黄阿姨揽入怀中——"结婚有什么意思，你不是结过一次了吗？"

不知道是哪儿来的封建思想，他们在牌桌上和和善善，私下却还要叫黄阿姨"二手货"，好像黄阿姨变成寡妇的事都是她自己酝酿的灾难，即使所有街坊都晓得，黄阿姨的丈夫是死于一次工伤——用鸡毛掸子给高压电掸灰时触电身亡。

"霜霜，过来。"

霜把烟递过去，黄阿姨在她脸颊上留了个淡淡的吻，霜如触电般迅速弹开，她注视着这个每天涂口红伪装自己的女人，长出了一口气，她想，母亲或许也有很多秘密，可她已经猜不透了。

夜深人静时，霜将房门反锁，窗外，月色一寸一寸漏进来，这时节，不冷不热，霜在窗边独自练习化妆，宿舍里的姐妹们为了应付接踵而来的面试，早早买了一堆廉价化妆品试验，她们那时并不知道，年轻人的唯一优势就是年轻。

霜生于冬天，肤色白皙，常无血色，有时候人们说她有一张死人的脸，不涂涂画画时总像一抹透明的影子，融入空气，消失于人海，但化妆后便完全不同，哪怕只是点缀了些口红，整个人便像有了精神，那白再也不是白墙的白，而是瓷器那样光彩溢人的白。

在人才市场上，人皆商品，口红一般，被人试来试去，霜起初难以容忍面试官上下打量的眼光，她平时要穿过菜场才能回家，这样的目光她在档口屠夫那儿也见过，羊或猪在刀下发出听不见声音的悲鸣，继而成为盘中之餐。同寝室的女孩们总是聚在一起议论工作的好坏，霜却觉得身上缀着一个待价而沽的牌子，因了应届生的身份，价格要大打折扣。

霜想离开出生的城市，去大城市谋生，但母亲的头发一天一天花白，虽然用黑色染发膏拼命掩饰，但白发长出时，显得更加触目惊心。就在她打算和母亲摊牌的前一天，母亲也找上了她。

自从父母离婚后，霜便和母亲坐上了同一艘救生船，两个人一人在船头，一人在船尾，不能离得太远，更不能黏得太近，她们彼此遥遥望着，风雨同舟，好像真的成了被绑在一起的两个人质。

每次谈心之前，母亲必准备好一桌饭菜。中国人总是这样，希冀在饭局上解决问题，聊不好，便吃不好，吃不好，便聊不好，最后总要为了吃得开心，而假装聊得开心。

霜还没有动筷子，碗里就堆满了母亲准备好的大鱼大肉，母亲没有说话，只是问"鱼好不好吃？""红烧肉好不好吃？"霜一边回答，一边大口扒饭，哪怕心事已经将胃填埋，还是在不停地朝里头塞东西。

"前几天，黄阿姨偷偷跟我说了个事。"

霜拿筷子的手悄悄颤抖了一下，母亲紧接着说："她说她的口红不见了……"

霜擅偷窃，不擅说谎，话问到嘴边上，不想认也得认，霜放下筷子，起身拿来包，将口红摆在了饭桌上。

"吃饭，吃饭，先吃饭，有什么事，吃完了再说。"

那场饭吃得异常平静，谁也没有开口说话，只有电视机里肥皂剧的背景音在吵吵嚷嚷，似乎在那个瞬间，这个屋子里变得空无一人，而真正待在屋内的是电视里那对吵闹不休的婆媳。霜吃完饭后就坐在沙发上发呆，她想母亲为何不骂骂她，母亲总是这样，有什么事都憋在心里。

"你说，偷来的真的比光明正大买来的要好吗？"

电视里，出轨的烂俗戏码上演，赤裸的女人如一条肥厚白蛇，母亲憔悴苍老的容颜映在电视刺目的光线下，像一尊被蛇缠住的破败佛像。

"你和你爸爸一样！"母亲草率的结论令霜吓了一跳，偷口红和偷人本就是两码事，但在这个风雨交加的夜晚，一条河闯入了另一条河，霜终于意识到所有的问题出在源头上——虽然母亲不讲，但她心底十分清楚，她身上淌着出轨者的血液。

那个夜晚，霜辗转难眠，她想去远方，去一个有大海的北方城市，用汹涌的浪涤净早已脏污的血液。

3、

　　霜一度怀疑自己的前世是战场上掌管武器的士兵，不然，为何她如此着迷于排列口红？离开老家前，母亲偷偷在她的行李箱内放了十管名牌口红，那相当于母亲两个月的工资，口红像子弹一样安静地躺在行李箱内。

　　想不出文案时，霜总要反复地取出口红，将红色的膏体旋转出来，再拿着口红在苍白的纸上涂涂画画，她已经明令禁止自己不要涂擦他人的口红，但窥探秘的快感还是一次又一次俘获了她本就脆弱的心。

　　现在桌上的这管口红属于她的室友Tina，她和Tina共同租下了这个两室一厅的套房，Tina从来不带男友回来过夜，这并非是出于对霜的尊重，仅仅是因为有人告诉Tina，千万不要带闺蜜接近男友，Tina的男友至此神秘得像一个从未出现在地球上的外星人。

　　霜在纸上写——"口红是女人造梦的武器。"

　　一个月前，公司接下了口红推广的生意，上司命大家搜集有关口红的一切资料，包括历史、文化、品牌、客群心理分析等，并在会议上逐一解说自己搜到的材料。

　　会议室形同巨大的玻璃鱼缸，在那个幽暗的房间，霜第一次听说到——"世上第一支口红出现在苏美尔人的城市里，五千年前，那里曾产生过一个古老而先进的文明，后来埃及人掌握了制口红的技术，古埃及克罗狄斯·托勒密王朝的最后一任女法老偏爱一种从雌胭脂虫的脂肪和卵中提取的洋红色；在古希腊早期，只有妓女才涂口红，她们涂口红是为了使自己区别于'普通女性'，如果没有遵守这条法律，她们将受到严厉的惩罚。"

屏幕上，千年前的面孔不断闪现，霜变成了一尾好奇的接吻鱼，在玻璃缸内四处游弋，正在她神游时，上司突然指着她说道："你起来说说看，你搜到的资料。"

"我搜到的资料是欧洲中世纪时期，宗教指出'一个化妆的女人是撒旦的化身'。"现场立刻哄笑成一团，平时热衷于化妆的同事开始窃窃私语，霜的脸像被火红的烙铁烧过，但她还是决定说下去，"十字军东征时从中东带回各式各样的口红，人们认为口红有治愈疾病、守护生命、驱赶死神、控制男性心智的魔力，教会认为口红的交易和使用形同施行巫术，但这并不妨碍口红在民间的盛行，甚至连王室都难逃其魅力。"

"接下来我想说的是一个女人，她是都铎王朝的最后一位君主，她喜欢用胭脂虫、阿拉伯胶、蛋清和无花果乳配制口红，生病或状态不佳时，她都会大量使用口红，口红就像她的面具一样，女王不能苍白无力，去世的那天，这位女王用掉了几乎半英寸长的口红。"

霜清了清嗓子正色道："我认为购买口红是一种刚性需求，因为每个人都有脆弱的时候，脆弱得不想被人看出来的时候，就需要涂上口红，假装精神状态良好，口红就像变色龙的皮肤，是女人的保护色。"

在座的男人们都皱了皱眉，他们试图从霜的话语中寻找蛛丝马迹，去理解女人的种种行为，市场经理说："女人喜欢买口红就和男人喜欢买电子产品一样，用买来填补空虚。"

"对啊，心情好时想买口红，心情不好时更想买口红，不知不觉家里就有了成堆的口红。"客户经理突然转向霜说，"你家里有多少支口红你数过吗？"

霜的脑内出现一排排金属色的子弹，那些根本就不属于她的口红如今正安静码放在她的抽屉内，她愣了愣，冻在位置上，那问话仿佛斩断她的双腿，褪下她的衣裳，让她被迫在众人面前展出丑态。

"大概，大概有几十只吧。"

"几十只？"有男同事惊呼，"那怎么用得完，大概一辈子用不完吧？"另一个热衷于购买化妆品的女同事立刻接话道："你懂什么，口红就是女人的命，从来没有多的，只有少的，几十支算什么，我家里大概有百来支吧。"

会议室瞬间沸腾，大家热火朝天地讨论着口红的数量和自己的工资，物欲像海浪一样冲刷着他们年轻的面庞，霜如坐困礁石的渔夫，独自用眼睛打捞着可以食用的鱼，但可惜的是，这里只有浑浊的污水，根本不适合任何生命体的生存。

她快要溺毙在这座巨型都市，母亲的话言犹在耳——"你何必去那么远的地方，那里有什么好事情在等着你吗？还是说你嫌弃这里，嫌弃我了？"

"砰"，不知道是谁摁开了会议室的灯，所有的谈论像鬼魂一样顷刻飘散。

霜忘记了是何时宣布散会的，她只知道自己正在萎缩，像高温下的口红膏体，一寸一寸矮下去，最终化为一滩无法再利用的废物。

租住的房间一片冷寂，Tina 性格外向，习惯了夜夜笙歌，这时不知又在哪里逍遥快活，霜像一尾游得没有力气的鱼，跌跌撞撞地闯入自己房间，摁开电灯开关，仍由灯光炙烤着她单薄的身体，她想像自己的身下长出白瓷盘子，有人将醋、酱油淋在她干枯的身体上，再端到蒸锅上高温烹煮，无非是这样的日子，吃掉别人或者被别人吃掉。

大城市的生活并非霜想象得那么光鲜亮丽，早晨花费半小时功夫化的妆，一经地铁人群的积压与拉扯，瞬间变成残花败柳，她总是不得不在上班间隙偷溜进卫生间补妆。她不习惯在人们明亮的眸子和强烈的办公室灯光下补妆，她还是那个羞涩的人，所以只能躲在自己的位置里。窝成一个活了几千年的女巫，她以为文字能做她的权杖，但每次还是会被人杀得弃甲而归。

为什么不能做一回 Tina？霜伸伸手，从书桌上打捞到那一管口红，品牌、色号与 Tina 惯用的一模一样，广告里，女明星着艳丽妆容，仿佛你擦上一样的口红，就会变成她，就会拥有她的外表、她的生活、她的名利、她的一切一切……

就在霜曾经在自己捏造的幻梦中时，有人闯了进来，那人细声细气，脚步极轻，要不是浑身的酒气被敏锐的霜捕捉到，他或许可以做个来无影去无踪的杀手，霜回头，撞上男人的目光。

"是你？"

"是你？"

霜无端端想起之前从《牡丹亭》里看来的话——"原来姹紫嫣红开遍，似这般都付与断井颓垣"，她在梦里见过这个名为周的男人，她知道他刚从国外留学回来，她知道他惯用的那款男士香水，她甚至知道他最爱的导演……两个月以前，霜禁不住诱惑，再次开启盗口红生涯，第一个目标便是她的室友 Tina，那是下午三点五十分，窗外乌云滚滚，黑夜驱走了白天，没有带伞的人们在街上乱跑，像无家可归的牛羊，霜拧开那一盏小夜灯，对着镜子画起来，她的眉眼、鼻子、下巴，哪哪都比不上 Tina，她更没有 Tina 从小养尊处优所练习出来的无所畏惧，要不是这座庞大的城市将她俩侥幸困在同一牢笼中，她们或许一生都不会碰面。

"不属于我的，我偏要得到。"所以在周扑向她的那刻，霜并没有

211

拒绝，她嗅着他的一身酒气，想着对方是将她当成 Tina 了，但是一分钟，一秒钟，一个刹那，也好，总是可以假装命运睡手可得的。

然而那个夜晚并没有发生霜所预想的一切，周很快从酒气里清醒，将霜扶正，连连道歉："对不起，对不起，我把你当成 Tina 了，你们擦的一样的口红？"

衣服褪下去半截，霜暴露在刺目的灯光下，如同美国畸形秀上的女演员，通过展示自己的残缺来博得掌声和金钱，那艳艳的口红缀在周的脖子上，像一个远古的胎记，也像一个巫师的警告——你们不可能在一起。

Tina 回来的时候，霜已经睡着了，而周也已经离开了两个小时。梦里，霜再度回到童年，左手牵着爸爸，右手牵着妈妈，而爸爸的手又挽着另一个女人，霜太矮了，太小了，她看不清女人的脸，只能看到其晃动的腰肢与丰乳肥臀，她再看看她的母亲，母亲的身体干瘪而瘦小，像是被吸干了血液的干尸，可是她知道，妈妈一开始不是这样的，妈妈一开始也和那个女人一样，有许多关于未来的美好愿望。

梦碎在一个下雨的清晨，这是难得的休息日，霜推开门，却见 Tina 静静地坐在客厅的沙发上看电影。

Tina 招招手，唤霜过去坐在她身边。过去的好多个周末，Tina 都是这样，早早醒来，懒于梳妆，穿着宽大的睡衣蜷缩在沙发上看电影，有时霜会懒懒地陪她看，有时则去做自己的事，或许是周的事令她心有余悸，霜卑微地答了一个好字，便贴着 Tina 坐下，Tina 身上有一股天然的奶香味，透过那轻薄的睡衣，霜看见 Tina 的乳房，那样坦然地敞开着，无所畏惧。

是《色戒》，李安的《色戒》，张爱玲的《色戒》，小说看过两遍，而电影倒只看了一半，而后不久，这电影像是被某种不明物附魔，再传开来时则完全不再聚焦于男主女主的演技和影片内涵，人们似乎只关心两个人是真的做了，还是假的做了。

"是完整版的。"Tina 说，"这部片子挺好看的，承载了导演的许多隐喻，李安对这部片下了大心血。"霜瑟瑟地抖起来，她原以为Tina 只是一个做人事工作的花瓶，这下好了，原来人家早就盛满了，只是轻易不显山，不露水。

电影里，王佳芝故作聪明，扮上流阔太接近易先生，两人在餐厅里吃饭、喝酒、聊天，王佳芝品了一口酒，口红印留在了杯子上，易先生笑笑说，"留心的话，没什么事情是小事。"

"留心的话，没什么事情是小事。"Tina 神神秘秘地望着霜，欲言又止，霜又忆起母亲那一语双关的话，她知道世间的人如果给你留足情面，是不愿意将事情戳破的，这几日房价猛涨，房租也顺水推舟被抬高，若是撕破了脸，她要去哪儿？她已经是无家可归的样子了。

Tina 一边吃三明治，一边拿餐巾纸擦嘴，她说："你晓得吗？张爱玲赚的第一笔稿费就拿去买了一只小号的丹祺唇膏，张爱玲后来在散文里写过，钱就是钱，可以买到各种她想要的东西，人有物欲，并不是什么丢脸的事。"

像有人在她薄瓷般的脸下埋了一个火焰堆，火由下至上，烧得霜眼睛都通红通红，她知道水分要被蒸发殆尽，哭并不能解决任何问题，几日之前，霜在网络上看到一篇文章，文章里写道："我的室友有偷窃癖，我该怎么办？"霜将那上千条回复统统仔细看了一遍，她不知道自己该怎么做，将口红一根一根还回去了，接下来还是想拿其他的，这样的人生就是一个死结，你越想将其解开，结反而越发牢固，最终，你会将所有时间耗在那个上面。霜不是没有想过办法，呕吐法、捆绑法、自我抨击法，能用的招数全用上了，可她还是像乌鸦渴水般，每隔一阵便要去盗口红。

　　很快，Tina 便像一个懒于应付妻子的中年男人，以巧妙的方式消失在了霜的视线里，尽管同住一个屋檐下，但霜再也感知不到另一个人的存在了，除了残留在盥洗池里的女人长发及客厅内若隐若无的香水味道在验证 Tina 的行踪，其余处，完全寻不到佳人芳踪。

4、

　　我心情不好，想买口红，我心情好，更想买口红。

　　Tina 买了一只新口红，我也要。

　　那个色号太迷人，像我一眼相中的男人。

　　我买不起包，买一只口红总可以吧？

　　老公出轨了，我要买口红。

　　我今天生日，要给自己买一只口红。

　　终于二十岁了，我需要一只口红。

　　……

　　霜在 PPT 里罗列了一大堆不同年轻阶段的女性想买口红的心理特征，在剖析她人的过程中，她也顺便剖开了自己，但直到提案前的最后一刻，她还来不及将暴露的内脏器官缝起来，所以当客户对提案进行质问时，霜感到一把锋利的小刀正徐徐划过她的心、肝、脾、肺、肾……

　　母亲曾说过，快就没有痛苦，宰鸡宰鱼时不如给它们个痛快，这些动物便会发出久久的悲鸣，人也是，活得时间长了，总会动歪脑筋，想歪心思，生活反而得不到保障，在路过成片的法国梧桐时，母亲总会指着老房子说："一开始他那么老实，哪晓得后来会变？人心最难测。"

"可是，有什么理由非要买我们品牌的口红呢？"

来提案的同事相视一笑，内心都在暗骂客户的无理取闹，这个产品本身没有任何核心竞争力，不是名牌却价格不菲，原料也没有任何值得称道之处，这个牌子的出现就和一摞废报纸一样，可有可无，若不是甲方是付钱的大爷，他们断然不会做这样的啥事。

"秘密，这个口红可以藏住女人的秘密。"

"藏住什么秘密？"

"就是，我是在哭，你却觉得我在笑；我是在生气，你却觉得我在胡闹；我是在取悦自己，你却以为我是在取悦你……"

全场陷入死一般的寂静，一分钟后，浪才从远方传来，掌声一阵高过一阵，霜坐在椅子上，如同坐在大海上的一叶扁舟上，她沾了海水想洗净自己的衣裳，岂知那水竟是蓝色的，将她整个人染得面目全非。

要不是那一通电话，霜还会继续在这个梦里沦陷下去，她将拿到高额的年终奖金，用奖金兑换一堆衣服、鞋子，或者十支口红，但刹那的狂喜过后，她还会被巨大的空虚和繁重的工作给吞没。

那电话像是一个地震，一场海啸，一次意外，将她从巨大的欣喜与平凡的生活中拖拽出去，她在电话里听到那边有人说，"你妈妈死了。"

就在提案的那个清晨，霜的母亲在过马路时因不遵守交通规则被迎面而来的大卡车撞得粉碎，在抢救途中便宣告死亡，霜后来才知道，母亲只不过是遥遥看见街道对面有便宜的橘子买，想穿红灯，赶紧去捡便宜，母亲经常对她说："规则是死的，人是活的，别人为什么可以横穿马路，可以不排队，我要遵守规则呢？"

霜在母亲的黑白遗像前落下泪来，人间没有一定的规则，这才是命运最大的规则，完全随机，完全不讲情面，完全不分贵贱。女人的一生，绝不只是买口红，涂口红那么简单，因为真正的生活过分的庞杂不易控制，我们才希冀从这小小的物品上需求巨大的安慰与支撑。

母亲的遗体告别会在殡仪馆举行，人推出来时，小小一个，覆盖着白布，那是霜最后一次看到母亲，母亲的仪容虽经过修复，但早已面目全非，在惨白的虚假的面容上，唯有唇上的一点红格外突兀，格外清晰。

霜那天涂的口红是母亲最爱的酒红色，深沉而浓郁，过去人们总说她长得像母亲，但后来，人们又改口说，不要像你妈妈，命不好。她那时尚年幼，并不知道人们所说的"命"究竟是何意，但现在，她大概对它的外貌轮廓有了蜻蜓点水的认知，那并非一个面人，她想怎么捏就怎么捏。

白衣白手套的工作人员将母亲的身体推进燃着熊熊烈火的焚化炉，霜死命按着包里的口红，她觉得那是母亲赐予她的子弹。

/ 大象入林

夏娃

———

　　这是一只棕色的亚洲象，体态娇小，颇会撒娇，今年已经九岁了，对于雌象来说，九岁是一个特别的年纪，这意味着它已经可以自由出入领地并"接客"了，为了工作方便，人们不再叫它小象，而是送了它一个东西方游客都能叫得上来的名字——夏娃。

　　这是夏娃来到大象营的第四年。初来世界的那几年，它随母亲在一片不知名的树林里生活，像所有对这个世界还不熟知的幼兽那样，对生活有种不切实际的热情，要说唯一的惊吓，应该是出在她三岁那年，那时它正在溪边用鼻子轻柔地抚弄溪水，蓦地，一声枪响，撞碎了没有波澜的生活，接下来，一场大屠杀在远方上演，它迈开小蹄子随母亲一路逃亡，等到一切平静时，已是星满夜空。它那时并不知道，跑得慢的、暴露在外的都逃不过象牙被拔的命运。

　　它是雌象，没有象牙，这使它在某种程度上幸免于难，但更大的捕获在远方等候着，人类到来的那一天，象群没有预判，照旧在溪边喝水，这时举着枪的人朝它们冲来，大伙儿四散逃开，夏娃没有找准方向，莽撞地闯入树林，它误以为自己可以隐身，最终还是被人射中，麻醉枪第一次带她进入非正常状态下的睡眠。

　　那一年秋天的时候，它被人带入大象营，远方的山头上飘起灰色的

218

雾，树叶焚烧的臭味从远方传来，夏娃不知道这是什么，也不知道人类为何禁止山林的繁衍。进入大象营后，它很快适应了这里的生活，无非是吃喝拉撒睡，像一只正常的大象那样，等待性成熟，等待交配，等待产子，等待日升，等待日落，然后等待死亡。

象的寿命是四十年到五十年，也就是说，从九岁服役到真正老去，夏娃还需要苦苦工作三十个年头，这是一段不短的岁月，无论是对象来说，还是对人来说。

夏娃第一次披上钢铁战衣时，小腿抽搐了一下，半截身子跪了下去，驯兽师误以为那是自己多年苦苦训练的结果，不禁喜上眉梢，可等他第二次发号施令时，夏娃却直愣愣地站在原地一动不动，"畜生，"驯兽师懊丧地摆动脑袋说，"真是太笨了。"

驯兽师还有另一个名字——"象奴"，他分不清究竟象是他的奴隶，还是他是象的奴隶，或者，他们两个都受不知名的命运之神奴役，每一天，驯兽师都要思考如何解决这个大块头姑娘的饮食问题，雌象饭量惊人，每天能吃二百公斤食物，在这个过程中，驯兽师只能默默立在一边，欣赏蚊虫不断叮咬着大象厚重如水泥墙的皮。

几天之前，驯兽师唯一的朋友牵着一头退役的大象悄然离开象园，临走之前，对方邀请他到餐馆喝酒，在觥筹交错的人群间，驯兽师从酒杯浮起的影子里第一次看穿了自己的命运——等待老去，等待夏娃退役，等待死，在这之间，他和那头刚成年的雌象一样，绝无逃脱可能。

退役的大象和退休的驯兽师一样，将会成为这个城市里无家可归之人，前几年政府为了保全面子，在街道上不断驱赶着伤痕累累的大象和象奴，这些无用之人和无用之象被迫重回山野，而等待他们的命运是饿死。

"但暂时还有口饭吃，暂时还可以活着。"驯兽师吃了一口青木瓜，酸涩的味道像一个刺激的炸弹在他舌尖蔓延开来，他远眺前方，透过窄小的窗户凝望他的"姑娘"，心情好时，他和夏娃如胶似漆，仿若恋人，心情差时，他对夏娃呼来喝去，那头巨大的动物也会发怒，用尾巴捆他是常事。他不敢对这头体积庞大的动物提出过分的要求，如果行为越矩，等待他的将是死亡，之前住在他隔壁的那个年轻象奴便死于象蹄之下，人们说，那是一场意外。

对于夏娃来说，最好的事是遇到阔气大方的雇主，对方愿意付小费，驯兽师会笑逐颜开，而它也能吃得好些，这是平凡生活里唯一的奖励。"能吃得好些就已经很不错了"，在大象营的人类也没有过多的要求，他们不会像那些从资本主义社会远道而来的客人那样，去思考什么人生的意义与哲学，甚至也无心欣赏这所谓的美景，在一群人逃离城市进入大自然时，他们还不知道要逃到哪里。

这几日，夏娃颇为烦躁，夜里有闪烁的红圈从天际掠过，使它产生莫名的不安，它的怪异举动也感染了驯兽师，他下床，守在象的身边，目不转睛地望着天。他在孩提时代曾经幻想过离开这里，离开这个国家，离开地球，甚至离开宇宙，但现在他不这么想，他只想守好眼前这头象。

夏娃总是很容易感知到人类的感情，它能轻易地分辨出喜怒哀乐，关于驯兽师的一切，它完全清楚，但并不表态，在这里的时间待得久了，所有人都甘愿成为奴隶，唯一能做的事就是幻想。

在第十一个生日来临的时候，夏娃幻想成为一个女人。

另一个夏娃

────

　　这绝对不是她理想中的旅行——燥热、蚊虫、动物的粪便、湍急的溪流……在她的想象里，她现在应该躺在帐篷里等待极光。

　　但想象终归是想象，总要臣服于现实，她没有去看极光的预算，又恐惧于欧洲大陆上的恐怖袭击，邻近的国家里不是政治紧张就是核泄漏危机，在地图上画一个圈，把目标红点越缩越小，最后她和丈夫一起选了这里。

　　但她并不想来骑大象，前天的新闻里，发怒的大象载着旅客冲入山林之中，最后，旅客被发现暴尸于山林，而大象被捕获时，发出一声骇人的悲鸣。她对丈夫说："为什么非要骑大象呢？"

　　"就是个游戏而已。"丈夫已经快三十岁了，但依旧沉迷于电脑游戏，对他来说，这世界不过是一场游戏，桌子是，椅子是，工作是，她也是，她只是一个 RPG 游戏里的 NPC 而已，丈夫在电脑里斩怪，她则像个田螺姑娘，独自收拾家务。

　　"你们这个年代的年轻人都这样。"婆婆这样安慰她，"我这个儿子是个好人，就是有点爱玩，长不大。"婆婆像塞了一个玩具到她怀里，她避也不是，让也不是，只得夜夜抱着这玩具睡觉，最后还要给玩具产崽。

　　上个月的时候，双方父母在饭桌上又商量起了传宗接代的问题，她摸着自己干瘪的肚子陷入沉思。更早之前，她去医院体检，医生说她长了一个良性的子宫肌瘤，没有好的医治办法，最好尽快怀孕，说不定因此不药而愈，她追问："手术不行吗？"

"我们不建议没有生育过的女性做手术。"

她觉得生活的发条就此拧紧，也就是说，事到临头，做也得做，不做也得做，而她也非常清楚，有了孩子以后，生活就再也不属于她，娱乐也不会属于她，旅游更不会属于她，所以她拉着丈夫的手佯装温柔底说："我们出去旅游吧？"

她在心里将这次旅行视为人生中最后一场旅行，所以谋划起来格外尽心尽力，不到三个月的工夫已经做好了五个地方的攻略，但其中三个在三个月内遭受了恐怖袭击。

"不安全啊，死在那里怎么办？"

"那生孩子还会死呢。"她对生产有种先天性的恐惧，这样的恐惧促使她回避自己的性别，而且，从一开始，这性别就没给她带来什么优待与好处，等着她的是无尽的苦难。

她已经忘记了最初是谁告诉她——她是女孩，可能是幼儿园里的课本，或者是哪位亲戚，总之，她模模糊糊地意识到世上的生物都是有公有母，有雄有雌，就像她的家，有爸爸，就有妈妈，有爷爷，就有奶奶，她那时尚未意识到命运在她身上搁置了一个炸弹。

"也就是说，进化到现在这个地步，如果摘了子宫这个束缚，女性完全可以成为超越男性的存在。"在某日的闺蜜聚会上，和她相识超过二十年的女孩醉醺醺地说，"你说这一切都是为什么？"

"什么为什么？"

"乡下人想成为城里人，二线城市的人想成为一线城市的人，一线城市的人想成为美国人，美国人呢？美国的乡下人可能还想成为美国的城里人……真的不知道什么时候是个尽头。"

她那时正在肢解一条鱼，鱼类，家禽，动物，这些食物链较底端的物种难道不是更可悲吗？它们怎么从来都不想着进化成为更高级的生物呢？

她暂时只想换个性别，换了性别，她身上的紧箍咒将嗡然瓦解，谁都拦不住她，她可以背上行囊，独自穿越城市，她可以一辈子不用考虑生育问题，最直接的，她将不再遭受痛经的折磨。

极不凑巧的是，这趟东南亚之旅和她的生理周期撞在了一起，就在准备骑象的那天清晨，她发现自己下体涨潮，湿漉漉的，血的气味涌进鼻端，她将厕所门推开一点点说："我那个来了，不想去骑大象了，你自己去吧。"

"这么好玩，你为什么不去啊？"

"不是，你不懂吗？我现在那个来了，不舒服。"

"你不是说这是我们最后一次两个人一起旅游吗？"

拗不过丈夫的再三邀请，她还是踏上了这趟骑象之旅，在去大象营的路上，她望着丈夫的背影，陷入沉思——做一个男人多好，即使是生孩子，也不用放弃自己的事业，更不用考虑怀孕的痛苦与风险。她还没有做好当母亲的准备，但在她这个年纪，已婚未育意味着职场歧视，她不知道如何继续走下去，生活将她推入了一个死胡同。

最可怕的是，前几天，群里流传着某孕妇羊水栓塞死亡的案例，据说，敏感体质的人更容易遇到这类情况。她摸了下自己干瘦得能看到青色筋脉的手，发现自己的手在灼热的夏日像一块刚从冰箱内取出的冰块，冒着滋滋的凉气，她可是一个严重过敏体质患者。

坐在笨拙的大象身上，东南亚地区独有的湿热烘烤着她单薄的躯体，偶尔吹来的热风像火葬场的焚风，稍一掠过，便要带走所有活着的生物，她失去了和丈夫对话的欲望，而对方则像一个初入游戏的新手，对周遭的一切都莫名好奇。

　　骑在大象身上，恐惧弥漫全身，她试图去掌控大象，但驯兽师则微微笑着指示——"要顺其自然"，她不知道怎么顺其自然，即使父亲从小就告诉她"船到桥头自然直"，但强烈的繁殖焦虑、生存焦虑、死亡焦虑还是像山一样扣在她单薄的肩膀上。

　　在十年以前，她还幻想过操控自己的人生，让一切按照她的想法进行，但事到如今，她已经将绳索交了出去，无论是婚姻和人生，都像这蠢笨而无法驾驭的大象一样，不知要将她运往何方。

朱亚当

————

"三十岁之后，人应该学会掩埋自己的欲望。"

早晨醒来，朱亚当喝了一杯牛奶，他不是真心想喝牛奶，就像并非真的想结婚，一切都是因为他觉得这样做可能更好，人活到某个年纪便不能再任性，器官和理智会合谋绑架自由意志。

嗜酒者不再喝酒，嗜烟者不再抽烟，他们恐惧于肝的破裂，肾的崩坏，于是只能躲起来像个清心寡欲的道士，不再触碰那些让他们感到快乐和短暂安慰的物品。

一个月之前，朱亚当把家里有关 UFO 研究的书付之一炬，留着也没什么用，其中一部分被一个亲戚家的小孩撕烂了，还有一半被母亲卖给了废品站，剩下的那些像残肢断臂在提醒朱亚当——童年已经逝去，你应该努力做一个正常的成年人。

为了让自己好受些，他将自己塞入虚拟游戏之中。在那个异域疆场，他从某艘飞船中醒来，手持一把通体漆黑的机枪，其任务就是在飞船上与外星人搏斗，并代表人类去开拓更广阔的疆域。

朱亚当发现，人越长越大，格局却越来越小，在七岁的时候，他心怀宇宙，认为人类将有一个充斥着高科技、外来文明、宇宙战争的明天，而现在他能考虑的只有车子、房子、孩子。

他还没有孩子，但很快就会有了，年纪的增长在剥夺他的自由，而人们对此美其名曰责任感。他在妻子眼里不算一个好丈夫，在母亲眼里也并非一个好儿子，当他关起门来沉醉于自己的世界里时，外头总有那么一到两个人在门后窃窃私语——"这个人怎么还没有长大？"

　　这次是一个结束，如果什么都没有找到，他就听妻子和母亲的，做个所谓的正常人。

　　说来可笑，朱亚当要寻找的目标是一艘外星飞船，即UFO，一个月前的新闻里写道："泰国北部发现UFO，两名英国游客在游玩时，拍摄一群孩子玩耍的画面，随后，他们在录像中惊奇地发现了外星人的身影。"

　　"带我走。"朱亚当在心底默念着，他一度认为自己是"宇宙流浪者"，这是他十三岁时从一本科幻读物上看来的，所谓的流浪者即"格格不入者"，他们与普通人类所思考的不同，受不了社会规则的束缚，其中一部分被视为精神异常者关进了精神病院，而剩下的一部分则要苦苦地隐藏自己。

　　书上说，大约在三十年前，大批外星灵魂流入地球，为即将到来的新纪元做准备，他们四散在地球上，潜入普通人的生活，为了更好地适应地球生活，他们被洗去了记忆，他们生来就不是地球人，且忘记了自己究竟是谁，他们都在等待被唤醒。

　　"在被唤醒之前，他们就会下意识地感到自己的与众不同"——当朱亚当把这些隐秘的想法事无巨细地抖落在妻子面前时，妻子竟然偷偷地笑了，不是那种光明正大的笑，而是一种发自内心居高临下的笑，朱亚当的信念在瞬间坍塌，他知道早就有人在给他罗织罪名了——不负责任，充满空想，纸上谈兵。

　　"你太可爱了。"妻子摸着他的脸说，"亲爱的，你太可爱了。"

他好不容易才从人群中大海捞针似的找到妻子，对方和他拥有相似的电影品位、音乐品位、阅读品位，他以为自己哪怕不说话，妻子也能像微生物一样游进他的脑子，探取他的真实想法，可自从夏娃真的变成他的妻子之后，一切就变了。

"他那么好，变成丈夫多可惜。"朱亚当想起某位女作家说的话，泪流满面，妻子没有错，错在他，错在他自以为是地将她变成了妻子，这个身份枷锁套在谁身上都不好过。作为一个女人，妻子很容易向社会规则倾斜，如同千万年前，人类文明刚刚萌芽时，女人都选择穴居在家，抚养后代，这或许就是一种生物本性。

朱亚当想成为外星人，不，他认为自己就是一名外星人，一个宇宙流浪者。

"又要还贷款了。"朱亚当骑在大象身上，离地三尺，仿若安装了一个两米高的假肢，他看待事物的角度随之改变，那些高耸的大树如今仿佛一颗低矮的小草，树上的果实也伸伸手就能够着，亿万年前，世上还没有人类，没有房贷，没有婚姻……只有猛犸象、剑齿虎、恐龙等等。

早晨喝牛奶的时候，他又看起了雷蒙德·卡佛，那是一个充满着悲剧色彩的美国作家，在一次访谈中，卡佛说："从来没有人请我当作家，但在付账单、挣面包和为生存而挣扎的同时，还要考虑自己是个作家并学习写作，这实在是太难了。我开始明白我的生活不像，这么说吧，不像我所希望的那样，生活中有太多的无奈需要承受。"

处在一个商业社会里，朱亚当感到生活被怪兽吞没，怪兽胃液里分泌出的浓汁将他的生活分解成一片浓稠的绿色液体，他所有的幻想也被肢解——他曾想象过踏上月球，穿着笨重的白色飞行服在月亮上跳跃，或者去往火星，观赏废土与灰烬，那些从未见过的生物、植物、河流、废墟在诱惑他活下去，好奇心是埋藏在内心深处的唯一火种，这火灭了，他便是一具机器都不如的空壳。

闷热的天气像个焚化炉，将妻子和他捉进一个与世隔绝的空间内，这里只有大象、驯兽师、丛林、溪流，朱亚当不自觉地把目光投向遮天蔽日的密林，他希望在树林的缝隙间偶尔探出两个不属于地球的脑袋，但那里空空如也，只有巨大的热带植物在晃动肥硕的腰肢。

"我们玩一会儿就走吧，我怕。"

妻子的话将朱亚当拉回现实，他知道妻子在怕什么，妻子恐惧于胯下的兽类，这头看起来温顺的亚洲象会不会立刻发疯了，谁都不知道？

这个世上，每个人都很焦虑，未知的明天就像一头不知道会否发狂的大象，看起来柔顺地埋伏在客厅的地毯下，事实上暴躁起来会掀翻整栋屋子。朱亚当摸了摸妻子的头安慰道："不要怕，没事的。"

不知从何时起，朱亚当已经不再焦虑，他倒希望那头大象能立刻发疯，闯入那个无边无际的密林内，而他和妻子就可以自由自在地隐遁在世上，找一处隐蔽的世外桃源，安安静静地活下来。

"你下去休息一下吧，我一个人再玩玩。"他还是放过了妻子，因为他的脑海里又蹦出《攻壳机动队》里少佐素子的一句话——"独步天下，吾心自洁，无欲无求，如林中之象。"

外星人 K 和外星人 A

——

"也就是说，大部分人类的生活毫无意义。"

"对，完全没有。"

"那我们抓他们回去干什么呢？"

这是 K 拜访地球的第七年，七年间他在各大陆的板块内来回游荡，收集人类的烦恼，并将烦恼制作成切片，待研究完毕后，一齐带回阿尔法星，在那个星球里，人们以猎取新知与完善自我为乐，没有规则，没有法度。

K 很快发现，阿尔法星人所追求的乐趣与大部分人类背道而驰，譬如说，他热衷于收集四季风景，四时变化，欣赏花开、叶落、水流、蝉鸣，而人类则完全不关心这已经有成千上万年历史的自然，他们沉浸在自己制造的水泥物里。

K 对人类历史兴趣浓厚，所以最初的三年间，他藏身在某东亚国家的宫殿内，那宫殿有上千年的历史，但人们对此浑然不觉，他们只是从四面八方涌来，在地砖里找一个缝隙，放置自己的腿脚，然后和宫殿合影，再上传至网络，他们从来未曾真正地欣赏过这个世界。

正因为人们的疏忽，所以从来没人发觉 K 躲藏在瑞兽的肚子里，K 喜欢吸食典籍，他从人类的书本记载中看到有关这种兽类的描述——

"东周列国时的齐闵王，被燕将乐毅所败，仓皇出逃四处碰壁，走投无路，危急之中一只凤凰飞到眼前，齐闵王骑上凤凰渡过大河，逢凶化吉。在屋檐的顶端安置这个'仙人骑凤'有绝处逢生，逢凶化吉的含义。"

K惊讶于古代人类所拥有的想象力，在他看来，人类虽然在科技方面不断进化，但真正有种族特质的那部分基因正在不断退化。在阿尔法星的人类学课程上，教授曾宣称，人类会有一天变成和阿尔法星人一样的物种，这一天很快就会到来。

在K的记忆里，阿尔法星是一个空空如也的玻璃杯，冰冷，没有感情，人类世界就不一样了，地球上有植物、土壤、水以及各式各样的动物，K视这些为元素，元素一多，排列组合的方式就多了，不用每天都穿同一双袜子。

"那你何不变成一个人类？"在A来到地球的第一个夜晚，两个人躺在帐篷内欣赏漫天星辉，K摇摇头说："我现在是一个外星人，自然觉得人类有趣，等变成人类，便不再觉得有趣了。"

教授下了命令，命A来协助K来抓两个人到阿尔法星进行试验，但前提是K与A必须模仿这两个人在地球上生活十年。

"这是一个无理的要求，我拒绝。"

"为什么拒绝？你一向对教授唯命是从。"

"成为人类会失去自由的。"

A来地球的时间不长，还远没有领略地球生活的残酷性，K只好以自己为例吓倒A，好令对方和他一起违抗教授不合理的命令。

"在我来到地球的第四年，我突然厌倦了那种流浪漂泊的生活，我想，要不要像一个人那样生活，于是我走进地铁，随便找了一个模仿对象，当然，我是隐身的，也就是说，他做什么，我做什么。我发现成年人类的生活无趣至极，他们每天早晨被迫被闹钟叫醒，然后和一堆人挤入地铁，去公司上班，假装很忙，或者被迫很忙，事实上做的都是无用功，就这样忙到深夜，下班，回家，然后陪孩子，或者做点自己的事，时间很快被榨干，接着他们进入睡眠，在梦中，他们可能会偶尔得到一些安慰或惊吓，然后，太阳升起，他们又醒来，就这样周而复始。这就是大部分人类的生活，当然，地球上有小部分人可以逃离这样的'牢狱'，但大部分人都过着一模一样的生活。"

"那我可不可以理解为，他们都是流水线上的产品，为了使地球更高效的运作，所以安排这些人过着墨守成规的生活，这毕竟是防止战争和骚乱的最佳办法。"

K在纸上记下了星星的方位，然后对A说，"教授要我们模仿的是一对人类夫妻，他们即将拥有自己的第一个孩子，孩子出生后，生活会陷入一个巨大的死循环中，工作，养孩子，购物，购物，养孩子，工作，完全地失去自我。这对夫妻似乎已经意识到这个问题，正准备通过离婚来解决，他们明天要来这儿骑大象，但据我所知，这个男的已经做好了惹怒大象、冲入丛林的准备，女的倒是安分一些，她只是想找个好的时间节点提出离婚。"

"模仿无意义。"A突然大笑，笑声变成鸟叫传入山林内，惹醒了那头名为"夏娃"的亚洲象，这时K站了起来，阿尔法星人都是类人生物，但可以自由变形，于是在那个朝阳初升的早晨，K变成了一只蚊虫，朝大象营里唯一的一条溪流飞去。

"如果可以的话，我倒希望变成一头大象。"在K的记忆里，象这种动物带有远古文明的神秘感，在某些教义里，这类动物被尊称为神，但为了获取利益，人类可以轻易地亵渎神、践踏神。

K穿过森林，穿过阔叶植物，绕过脸庞黝黑的驯兽师，来到"夏娃"的面前。他不敢正视它，只敢在它周围绕来绕去，大象庞大的躯体如一座远古神邸，使K敬畏不已。

假结局

——

"也不是非要闹到离婚这个地步,总会有别的解决办法。"

她放下包,反复回味着母亲和闺蜜的建议,她已经做好了和丈夫协议离婚的准备,但那个男人并不理她,他们生活在同一屋檐下,但彼此都将对方当作隐形人。

她想留下一封信,单方面宣布这场婚姻失效,于是她打开台灯,找了纸和笔准备写一封"诀别书",就在她刚准备起笔时,一阵风扬起,将书桌边的一叠稿纸吹起,她拿在手里,不经意瞥到了上面的字句。

本来不想看,但越看越来气,这是一篇名叫《大象入林》的短篇小说,说的是一对夫妻在准备离婚前筹划了最后一场旅行,旅行的目的地是某东南亚城市,其中一个旅游项目是骑象……她将那八千五百字逐个咽下去,不禁怒从心头起——"人类没法解决的问题,他希望动物和外星人来解决?"

烧了它,烧了它,像烧掉那些古怪的 UFO 杂志一样,将这手稿也化成灰烬,但很快,她又觉得这样的抵抗毫无意义,形同做戏,她脑子里突然有了一个新的念头,这念头让她很快有了恶作剧的狂喜之心。

她搬来木色的板凳,踮着脚取下了书柜上的箱子,打开箱子,找到了那个她丈夫珍爱不已的外星人头套,那个头套五官粗鲁、眉眼巨大、耳朵外翻，她戴上面具，找来镜子，左右端详，竟乐不可支地笑了起来。

这时门铃响起，她飞快地冲向那个木门，多少带着点复仇的快意。门开了，垂头丧气的丈夫站在那儿，目光从她的鞋底扫到头顶，几秒钟过后，丈夫忽然将她拥入怀中，一座冰山正在融化，"你终于来了。"丈夫眼中闪烁着喜悦的泪花。

她点点头，拍了拍丈夫的肩膀，这是他们冷战两个月来第一次拥抱。